POR ISSO EU SOU VINGATIVA

CLAUDIA TAJES

POR ISSO EU SOU VINGATIVA

3ª edição

Texto de acordo com a nova ortografia.

1ª edição: setembro de 2011
3ª edição: janeiro de 2012

Créditos da capa: criação e direção de arte: João Pedro Vargas; *criação dos "Voodoo Toys":* Guilherme Possobon e Luana Sommer / Os Outros Toys; *fotografia:* Raul Krebs / Estúdio Mutante; *tratamento de imagem:* Fabricio Pretto
Revisão: Patrícia Rocha e Caren Capaverde

CIP-Brasil. Catalogação na Fonte
Sindicato Nacional dos Editores de Livros, RJ

T141p

Tajes, Claudia, 1963-
    Por isso eu sou vingativa / Claudia Tajes. – 3 ed.– Porto Alegre: L&PM, 2012.
    128p. : 21 cm

    ISBN 978-85-254-2490-7

    1. Romance brasileiro. I. Título.

11-6085.   CDD: 869.93
                        CDU: 821.134.3(81)-3

© Claudia Tajes, 2011

Todos os direitos desta edição reservados a L&PM Editores
Rua Comendador Coruja, 314, loja 9 – Floresta – 90.220-180
Porto Alegre – RS – Brasil / Fone: 51.3225.5777 – Fax: 51.3221.5380

Pedidos & Depto. Comercial: vendas@lpm.com.br
Fale conosco: info@lpm.com.br
www.lpm.com.br

Impresso no Brasil
Verão de 2012

O mundo divide-se em pessoas boas e pessoas más. As pessoas boas têm um sono tranquilo. As pessoas más aproveitam bem mais as horas em que estão acordadas.

(Woody Allen)

SUMÁRIO

Uma cena 9
Desfecho da cena anterior 11
Mau negócio de família 13
Biografia, a revanche...19
O oitavo passageiro...25
Puxou ao pai...31
O encontro com Otávio.......................................37
Só acontece com quem merece 43
O encontro com Alaor...49
O inspetor chama...57
O encontro com Fábio Loiro..............................61
Rezando por um atropelamento 67
O encontro com Rodrigues 71
A irmã voltou 77
O encontro com Heitor 81
Lave, leve, suma...87
O encontro com Vitor Vaz..................................91
A um passo do paraíso 99

O encontro com Tim 103
Vai doer mais em você que em mim............................. 107
Como viver depois do fim 113

A vingança por quem entende 119

UMA CENA

Naquele exato dia em que tudo deu certo para você, a roupa, o cabelo, o humor, no único dia do ano em que o vestido de sempre fechou sem lhe dar um suador, e que o sucesso no trabalho parece iluminar a sua cara, nesse exato dia você encontra, porque às vezes a sorte muda, o seu ex-namorado, caso, marido, amante, noivo, o que quer que tenha sido, relacionamento que terminou em pé na bunda (a sua) e depressão (sua também).

Você cumprimenta o sujeito com a tranquilidade superior que só as pessoas seguras têm. Ele está acompanhado por uma mulher pior que você, sendo o conceito de "pior", aqui, levado ao extremo: ela é mais feia, mais malvestida, mais baixa, mais gorda, mais barriguda, mais corcunda e, se existe mesmo alguma força superior, também deve ser mais burra. Você cumprimenta o casal dizendo qualquer coisa como "oi, casal", e passa. Mas passa com a coluna ereta e passos de modelo, uma perna se sobrepondo à outra, como se fosse uma garça gigante, tipo de caminhar que você jamais achou que soubesse fazer.

Não que você vá olhar para trás, mas pelo reflexo de uma vitrine dará para ver o infeliz de cabeça virada, acompanhando o seu desfile. A briga que a mulher dele começou por ciúme segundos após sua passagem, essa você ouvirá sem fazer força.

DESFECHO DA CENA ANTERIOR

Então você acorda.

MAU NEGÓCIO DE FAMÍLIA

Seu pai quis deixar um negócio próspero para você administrar, foi isso. Depois de aposentado, ele comprou a pequena lavanderia para garantir que você e sua irmã jamais dependessem das oscilações da economia ou do humor de um chefe. Culpa da sina de eterno empregado dele, ora ralando no comércio, ora dedicado aos serviços, sempre na expectativa de que o patrão da vez encerrasse unilateralmente o contrato de trabalho entre os dois. Você não esquece as demissões que deixaram a família na famosa Rua da Amargura, ou Rue de l'Amertume, ou Street of Bitterness, ou Calle de la Amargura, ou Via di Amarezza, ou outro dos nomes que vocês se divertiam procurando no dicionário multilínguas da casa. Ter um negócio próspero virou ideia fixa, e quando a Lava Leve, lavanderia da quadra de trás, foi colocada à venda, seu velho viu a independência financeira acenando para os Gomes.

Nessa época você estudava arquitetura em uma faculdade paga, as três cadeiras que, apertando daqui e dali, era possível pagar. Seu pai considerava a arquitetura uma carreira óbvia, opinião baseada na quantidade de candidatos por vaga no vestibular, fora os estudantes e os já formados. Quando surgiu a ideia da lavanderia, ele anunciou, com orgulho, que você poderia, enfim, deixar a faculdade, como se essa fosse uma vontade sua. Nas reuniões que a família fazia todas as noites, depois da novela das oito, seu pai distribuía as funções de cada um no novo negócio: sua mãe no caixa, você na recepção das roupas usadas e sua irmã gêmea entregando as peças limpas e perfumadas para os clientes. Você odiou a parte que lhe coube, e isso que nem imaginava a quantidade de cuecas sujas que seria obrigada a ver quando assumisse o posto. Mas pior mesmo era a tarefa do seu pai, operar as máquinas de lavar e passar, o que a impediu de reclamar.

A Lava Leve foi comprada e você saiu da faculdade. O orçamento da família entrou em colapso com a prestação do financiamento e a manutenção do negócio. O plano de contratar empregados para o serviço pesado foi adiado, e o que era para ser apenas uma fase na sua vida, receber as meias usadas dos clientes, virou a sua vida (você também recebia camisas imundas, vestidos fora de moda, calcinhas encardidas, blusões puídos, calças fedorentas, edredons sebosos, lençóis manchados, cortinas velhas, entre outros).

Não demorou, sua mãe teve um ataque cardíaco lá mesmo. Não morreu, mas precisou abandonar o caixa. Seu pai deixou o negócio para cuidar da esposa. E a Lava Leve sobrou para você e sua irmã, Sara e Sandra, você morena, ela loira, você solteira, ela noiva, você baixa, ela alta, você responsável, ela meio louca. Nunca se viu duas gêmeas tão diferentes, fazendo supor que não apenas os óvulos fecundados foram distintos, como quem os fecundou também. A piada era repetida a cada festa de Natal pelo seu tio Harrison, que, de batismo, se chamava Plauto, mas ficou parecido com o Indiana Jones depois que ambos envelheceram.

    Então, aconteceu. Sandra viajou a Miami para encontrar o noivo, transferido para a matriz da empresa de produtos de limpeza em que trabalhava, e poucos dias depois escreveu avisando que ficaria por lá. E a lavanderia, você perguntou, dane-se a lavanderia, ela respondeu. Seu pai compreendeu as razões da filha (green card, salário em dólares e menos violência, apesar dos furacões), sua mãe não falava nada há meses, e a Lava Leve, com todas as suas máquinas, clientes e dívidas, passou a ser responsabilidade sua.

    Cinco anos depois, deve ser em tudo isso que você pensa enquanto a tarde se vai sem que entre uma toalha mofada para lavar. Seu único divertimento é arrancar os cabelos da nuca, mania que você tem desde criança e que já causa uma calvície precoce e preocupante naquela região. A porta se abre – mas só depois que alguém a empurra várias vezes, a última delas com a violência necessária para vencer o empenamento da madeira – e então um homem entra na pequena peça onde você recebe as trouxas malcheirosas dos seus clientes.

    Não pode ser, mas é. Um antigo ficante da sua adolescência, o primeiro que você beijou. Se a sua memória não falha, o sobrenome dele é Eurico, ou talvez este seja o nome. Não Eurico Eurico, mas alguma coisa nessa linha. Não faz tanto tempo assim, vinte anos, se tanto.

    Faz muito tempo.

— Está aberto?

Ele não reconheceu você e também não reconhece o que seja horário comercial. Quatro e trinta e oito da tarde, por que a lavanderia não estaria funcionando a pleno, com as máquinas ligadas e o cheiro de sabão quente espalhado pelo pequeno ambiente? Porque não há roupa a ser lavada neste momento, apenas por isso.

— Claro. O que seria?

— Jaquetas de criança. Vocês lavam?

Vocês, quem, se só existe você na saleta?

— Lavamos, claro. A seco?

— A senhora acha que é necessário?

Você examina as duas pequenas jaquetas, tamanhos 4 e 6, idênticas, azuis, com pelos em volta do capuz.

— É mais recomendado. Para não encolher nem manchar.

— Muito caro?

— Vinte e dois reais e quarenta cada. Pagando antecipado, consigo dez por cento de desconto.

— Caro, mas alguém tem que pagar. Se for pela mãe deles, os dois vão andar como porcos pela rua.

— Entendo.

Ele está olhando enquanto você preenche o recibo. Encara-a fixamente, dando a impressão de saber quem você é. Hoje não, Senhor, você pensa. E promete, a partir deste momento, vir trabalhar sempre de banho tomado e com a roupa minimamente higienizada, nem que seja para fazer propaganda da lavanderia. Da forma como você se vestiu e não se penteou hoje, é possível que ganhe uma moeda de algum piedoso na rua.

— Eu acho que conheço você.

Se Deus não tem ajudado em outras circunstâncias da sua vida, bem mais sérias, não seria nessa pequena futilidade que ele lhe estenderia a mão.

— Eu estou sempre aqui. Se o senhor já trouxe roupas mais vezes...

— Mudei ontem para o prédio ao lado. Separado desde a semana passada.

— Nome?

— Enrico.

— Sobrenome?

— Eurico. Eu conheço você. Sandra Gomes?

Confundiu você com a pessoa que menos se parece com você no mundo, sua irmã gêmea.

— Não, meu nome é Sara.

— Desculpe. Eu não sou bom fisionomista.

— Pode retirar na quarta, depois das quatro. Passar bem.

— Essa é a saudação perfeita para uma lavanderia.

Você não ri. Você só quer que ele desapareça rápido. Enrico Eurico percebe que a piada não causou efeito e sai, não sem antes aplicar alguns safanões na porta emperrada. Você leva as duas jaquetas para a parte interna da lavanderia, coloca na máquina de lavar a seco, liga o botão e volta para o seu lugar, na esperança de que as sete horas da noite cheguem logo e você possa então fechar a Lava Leve e ter descanso areando as panelas e esfregando o chão do banheiro na solidão da sua casa.

BIOGRAFIA, A REVANCHE

Pode parecer que esta é uma história amarga, desesperançada, a história de uma vida opaca e de raras alegrias. E se fosse para deixar a coisa como está, seria mesmo.

Você, Sara Gomes, que jamais quis ser pequena empresária, viu-se sozinha para cuidar da Lava Leve depois que sua família tomou outros rumos. A irmã gêmea, como se sabe, foi morar nos Estados Unidos. A mãe morreu no final de setembro, e o pai, mentor da coisa toda, casou na metade de novembro com a técnica de enfermagem que aplicava as injeções na mulher, desistindo da lavanderia para investir em um serviço de cuidadores de idosos. Pelo menos, continuou pagando a prestação do financiamento.

Sua primeira ideia, vender a Lava Leve, esbarrou, justamente, na falta de candidatos para assumir o tal financiamento. Mal localizada em uma rua escondida de um bairro cheio de lavanderias, a Lava Leve tinha por clientes uns poucos gatos-pingados, sem querer abusar do trocadilho, que moravam a, no máximo, duas quadras. Pouco movimento para sustentar um negócio que despendia água, muita, e energia, em grandes quantidades. Tanto a da companhia de eletricidade quanto a sua.

Há dois dias, porém, você até que anda satisfeita com a pasmaceira do negócio. Desde que o quase namorado Enrico entrou na Lava Leve, você não tira da cabeça a ideia de reencontrar seus ex-qualquer coisa, meninos, rapazes e homens feitos, alguns feitos demais, que lhe empanaram a biografia. Sem falar no sonho que a acompanha há anos, você, em um raro dia de brilho pessoal, topando na rua, acidentalmente, com aqueles que contribuíram para a derrocada da sua autoestima. Muito simplista colocar a responsabilidade de uma derrocada nas costas dos outros, mas essa prática não é uma exclusividade sua, enfim. E os turnos sem movimento na lavanderia passam a ser dedicados a um projeto.

Sem vontade para ler um livro e sem computador para passear pela vida dos outros enquanto espera pelos clientes que não chegam, você reconstitui sua própria história amorosa com precisão de historiadora. Não que a história seja longa, os detalhes é que exigem certo esforço doloroso para recordar.

Depois de excluir aqueles a quem você mesma causou sofrimento, por ignorá-los ou enganá-los, você chega a sete nomes.

Otávio, por quem foi apaixonada do antigo pré-primário à quarta série. Apelido: Tora. Nunca falou com você.

Alaor, que tinha o nome do avô. Manteve você na informalidade até o fim do colégio, quando casou com a namorada oficial, então grávida de cinco meses.

Fábio Loiro, do cursinho, assim chamado para se diferenciar do colega de aula Fábio Moreno. Por vontade dele, um relacionamento de apenas dois dias. Mas que dois dias.

Rodrigues, que não divulgava o primeiro nome. Bibliotecário do setor de obras raras da Biblioteca Municipal. Não ficou claro para você se ele era chato ou doente.

Heitor, funcionário na Faculdade de Arquitetura que você cursava. Casado, mas não com você.

Vitor Vaz, que queria ser radialista e fazia aula de desinibição vocal perto da lavanderia.

Timóteo, de apelido Tim, cliente da Lava Leve que ganhou um cartão fidelidade (direito a uma lavagem-cortesia de edredom ou casaco ao completar dez selos) e depois sumiu sem qualquer explicação.

Além deles, você contabiliza alguns enganos de uma noite ou outra, nada que mereça uma revisão do passado. Mas que prazer seria mostrar aos sete listados o erro que cometeram ao desprezar você. Nas solitárias horas pensando na expressão deles ao vê-la surgir do nada, linda e bem-sucedida, você reencontra satisfação na sua própria companhia.

Mais que lavar esporádicos lençóis de solteiro, buscar Otávio, Alaor, Fábio Loiro, Rodrigues, Heitor, Vitor Vaz e Tim passa a ser a sua ocupação número 1 na Lava Leve, com atividades dentro e fora do horário de trabalho e tarefas como:

✓ Obter informações com conhecidos de diferentes turmas e épocas, o que a obrigava, antes, a localizar os tais conhecidos.

✓ Fazer telefonemas anônimos a assinantes com o mesmo sobrenome dos procurados.

✓ Levantar lugares anteriormente frequentados pelos ex. Visitar esses lugares após o expediente.

✓ Nos finais de semana, ir a antigos endereços residenciais e comerciais dos elementos.

✓ Pesquisar no Facebook, Orkut, Google, DETRAN, Polícia Federal, SPC, Delegacia de Roubos e Homicídios e onde mais o nome dos seus alvos pudesse constar.

Depois da entrada de Enrico na lavanderia, na hipótese de que algum dos listados um dia apareça na Lava Leve com um jeans cheirando a casco de tartaruga, um nauseante odor úmido e orgânico semelhante ao da couraça de Julieta, a tartaruga de estimação da infância, que você sempre sente nas roupas de brim suadas, você jamais voltou a se apresentar no trabalho com o cabelo e as roupas em más condições. O longo período sem exercitar a vaidade deixou marcas difíceis de disfarçar, mas é inverno e as gorduras podem ser escondidas sob casacos e saias compridas. O rosto também se ressente da temporada sem um creme Pond's de supermercado, mas ao menos para isso serve a moda dos óculos escuros gigantes: esconder pés de galinha, mesmo em ambientes onde o sol nunca bate.

Como qualquer programação fora da rotina, também a vingança exige um aporte de recursos que você, obviamente, não possui, considerando a receita da Lava Leve. Por sorte, sua mãe deixou para cada filha uma pequena quantia que você aplicou e que evita usar para, assim que possível, trocar a velha perua que também lhe coube por um carro mais novo. Feitas as contas, com os juros mensais da aplicação, você pode comprar roupas, entrar em uma academia, marcar a sempre adiada revisão no dentista, investir em algo até então considerado por você mesma como de fundo perdido: você.

Vingar as humilhações sofridas. Agora você tem um objetivo.

Enfim, uma vida completa.

O OITAVO PASSAGEIRO

Você tenta passar uma camisa pelo inovador método do ar quente, em uma máquina consignada, quando seu ex-ficante Enrico entra novamente na lavanderia.

– Vocês nunca pensaram em consertar esta porta?

Vocês, mais uma vez. Enrico ainda não havia entendido que a equipe completa da Lava Leve era formada por você. Que seria a última pessoa a esclarecê-lo.

– Nosso Gerente de Manutenção & Materiais está providenciando o conserto.

– Muito chato ter que quebrar a porta sempre que eu quero entrar aqui.

A bem da verdade, aquela era a segunda entrada de Enrico na lavanderia. Mas ele está, evidentemente, bastante irritado.

– As jaquetas dos meninos. Vocês lavaram?

– O senhor trouxe o recibo?

Como se você não soubesse de que peças ele está falando. Mas relações comerciais são assim, o fornecedor precisa valorizar o próprio trabalho para que o consumidor também o faça, noção elementar de marketing que você aprendeu no programa *Microempresas, Megalucros*, que vai ao ar todos os sábados, às sete e trinta da manhã.

Enrico tira do bolso dianteiro o recibo com a sua letra, amassado e suado. Pelo estado do papel, você imagina que a calça jeans dele deve estar cheirando a tartaruga e, neste momento, lhe ocorre um novo serviço que a Lava Leve poderia oferecer: higienização express. Enquanto o cliente espera usando um robe com o logotipo da lavanderia, você coloca a roupa despida na secadora tira-odor. Você chega a imaginar Enrico com o robe branco e sedoso da Lava Leve lendo uma *Veja* razoavelmente atualizada (alguma com capa científica, Os males do coração ou Desvendando a inteligência) enquanto aguarda o término do trabalho.

– Hum... A retirada é somente depois das quatro.

– Não ficou pronto? Já são três e dezessete.

– Me aguarde um minuto. Verei o que conseguimos fazer pelo senhor.

Você deixa Enrico plantado diante do balcão e entra na sala ao lado, onde as jaquetas estão devidamente lavadas e passadas há dois dias. Demora um pouco para aumentar a expectativa dele, depois surge com as duas peças nas mãos e um sorriso de vitória no rosto.

– Apressei a nossa passadeira. Aqui estão, prontinhas.

Enrico tira as duas jaquetas dos sacos plásticos e as examina com rigor de ISO 9001.

– O botão ficou frouxo.

– Está anotado no recibo, senhor: jaqueta com botões malpregados. Se quiser, posso pedir para a nossa costureira reforçar.

– Se já estava assim, tudo bem. A vaca da mãe deles que dê um jeito.

– Dinheiro ou cheque?

– Vocês não trabalham com cartão?

– A máquina ainda não foi instalada.

Essa é a desculpa que você dá há cinco anos a seus clientes, para não revelar que o movimento fraco não compensa a contratação do serviço de débito automático.

– Agora a senhora me quebrou as pernas. Eu não tenho dinheiro vivo e não uso cheque.

– Seria muito incômodo o senhor sacar o dinheiro?

– O caixa eletrônico fica longe e eu estou com pressa. Vocês têm que dar um jeito.

Você não quer deixar Enrico sair sem pagar os R$ 44,80 que lhe deve. Você conta com esse dinheiro para passar no supermercado na saída da Lava Leve, mas ele já está com as jaquetas na mão e a um passo de iniciar um novo round com a porta emperrada.

– Seria possível o senhor pagar ainda hoje? Nós fechamos às sete.

– Vou tentar, mas não garanto. É mais provável que eu só consiga voltar amanhã.

– Gostaria de ficar com o seu telefone.

Enrico mexe novamente nos bolsos e lhe entrega um cartão de visita umedecido.

– Aqui está. Não precisa ter medo, eu não costumo dar golpes em lavanderias. Até porque, convenhamos, nem eu nem a senhora sentiríamos a menor falta desses R$ 44,80.

Não fale por mim, você pensa, mas Enrico já está chutando a porta para sair. Você não entende como pôde olhar para ele um dia, ainda que fosse noite e com iluminação difusa. Enrico beijou você em um aniversário de quinze anos, mas só porque você já contava dezessete e nunca tinha feito aquilo. Do contrário, ele jamais teria qualquer chance com a sua boca. Não que fosse feio, mas os modos já deixavam a desejar, você lembra bem. Depois do beijo de estreia, enquanto você ainda vivia o estranhamento de conhecer outra língua, Enrico se desvencilhou do seu abraço.

– Gata, vou pegar uma cerveja e já volto. Fica com o meu número.

Como ele não voltasse nas 72 horas seguintes, você ligou.

– O Enrico, por favor?
– Quem deseja?
– É Sara. Uma amiga.

Você ouviu a voz dele mandando dizer que não estava. Aliás, você o ouviu gritando, diz que eu não tô, porra. E, dali em diante, cada vez que ligasse para um homem, você sofreria com a possibilidade de ouvir tal resposta novamente.

É nesse ponto que você toma uma decisão. Cliente ou não, Enrico acabava de ser incluído na sua lista. Recém-separado, com filhos pequenos, fragilizado, o alvo certo para você vingar o seu passado. Ele havia, pode-se dizer, caído no seu colo. E você não se julgava em condições de desprezar uma oportunidade assim.

Mais: você sempre ouviu dizer que sete era conta de mentiroso. Uma lista com oito elementos parecia ter mais chance de obter sucesso.

Em casa, tingindo os cabelos com Vermelho Apassionata 21, você se prepara para a terceira entrada de Enrico na Lava Leve.

Enrico, que lhe deve bem mais do que R$ 44,80.

PUXOU AO PAI

Quando a porta da lavanderia é forçada, você tira imediatamente os óculos e finge se concentrar na leitura de Roberto Bolaño, *Os detetives selvagens*, livro recomendado por todos os críticos e que você escolheu também pelo tamanho, mais de quinhentas páginas. Quem lê um livro de mais de quinhentas páginas não pode ser superficial.

São onze da manhã e desde as nove você tenta sair do terceiro parágrafo para entender o que significa o Real Visceralismo, tantas vezes citado nas poucas linhas que você venceu. Não que a história não a interesse, você é que não desliga dos sons em volta, passos na calçada, motores na rua. O barulho na porta acaba de vez com o seu esforço. É Enrico.

Você decota mais a blusa vermelha e bagunça os cabelos, mas com estratégia, de um jeito intelectual. Já se antevê cobrando a dívida, a acumulada. Então, quem entra é seu pai.

— Quando é que você vai arrumar essa porta?
— Pai, eu sou lavadeira, não carpinteira.

Seu pai, bem-disposto e descansado, ele que agora administra os ganhos de cuidadora de idosos da nova esposa. A boa notícia é que, precisando de acompanhamento especializado mais tarde, o velho terá o serviço de graça.

– Se você fosse um pouco mais bem-humorada, eu mesmo faria o conserto. Mas essa sua cara de professora enfastiada só me dá vontade de sair correndo daqui.

A velha tática do seu pai, diminuir você para acabar com seus arroubos de autoestima, não vai funcionar hoje. Você poderia mesmo incluí-lo na lista das suas vinganças, pela contribuição inestimável ao término da sua capacidade de confiar em você mesma. Por exemplo, ao ouvir você se vangloriar por uma nota boa no colégio, ainda na adolescência:

– Sara, Sara. Queria comprar você pelo que você vale e vender pelo que você acha que vale. Eu seria um homem rico.

O fato é que seu pai está na sua frente e falta-lhe vontade para sair de trás do balcão e abraçá-lo.

– Passeando pelo bairro, pai?

– Vim ver como vão os negócios. Não esqueça que ainda sou sócio.

– Pena não ter lucros para repartir com você.

– Sara, estive conversando com a Soninha...

Soninha era a nova mulher do seu pai, embora você ache que Sonião faria mais justiça à madrasta.

– ...e a opinião dela é que nós devemos assumir a lavanderia.

– Você e ela?

– Exatamente. A sua administração não dá resultado, minha filha. Estou pagando o financiamento sem ter qualquer retorno. Ficou pesado para mim.

– E para mim, então? Faz cinco anos que eu cuido sozinha dessa bosta. Quando quis vender e retomar a faculdade, você foi contra. Agora que a lavanderia ocupa cem por cento da minha vida, você decide reassumir?

Nesse momento, bem quando seu pai vai contra-argumentar, a porta leva um soco, ou um chute, e Enrico entra na Lava Leve.

– Se vocês não arrumarem a porta, é a última vez que eu venho aqui.

– Acabei de reclamar para ela.

– Desse jeito, eles vão perder todos os clientes.

– Eu sou o pai, vou ter que ficar até o fim.

– Muito prazer. Parabéns pela lavanderia, o serviço é excelente.

– É um negócio de família. No começo, éramos eu, Onofre Gomes, minha esposa e as duas filhas, Sara e Sandra.

– Sandra Gomes?

– O senhor conhece?

– Era do mesmo grupo de jovens que eu. Nos reuníamos para fumar na sacristia da igreja, o senhor não leve a mal, coisas da idade. Por isso, eu confundi a moça aí com a Sandra.

"Por que nada pode ser fácil", você pensa, já fechando a blusa vermelha e começando a arrancar chumaços de cabelo da nuca.

— Elas são gêmeas, só que a Sandra é loira, alta, magra e mora nos Estados Unidos.

— A novela das oito sempre mostra, existe a gêmea boa e a gêmea má.

Se não fosse por mais nada, as piadas de Enrico bastariam para incluí-lo em qualquer lista, até mesmo a do Talibã. Mas você não pode demonstrar sentimentos como raiva, desprezo e vontade de matar, a sublimação é uma das chaves para obter o que se deseja. Onde mesmo você leu isso?

— Veio quitar sua conta?

— Aqui está, você só precisa me dar o troco.

Ele quer vinte centavos de troco, e os terá. Enquanto você procura as moedas na carteira, Enrico inicia uma conversação com seu pai.

— E onde anda a Sandra? Soube, há muitos anos, que ela estava estudando arquitetura.

— Você está enganado. Esta é a Sara.

— É incrível que nós não tenhamos nos lembrado um do outro, moça. Tanta coisa em comum...

— Eu só lembro o que me interessa.

Um a zero para você, que diz essa frase com casualidade, enquanto entrega a Enrico quatro moedas de cinco centavos.

— O senhor não repare, bom humor nunca foi o ponto forte da Sara.

Agora os dois falam como se você não estivesse na sala.

— E por que ela ficou sozinha na lavanderia?

— Minha esposa faleceu. Depois disso, mudei de ramo, agora sou empresário do setor da saúde. Sandra, a gêmea que você conhece, está muito bem nos Estados Unidos, vivendo com um rapaz muito bem-colocado em uma empresa americana. Não casou, mas mais dois anos e o caso dela já se enquadra em união estável, para ter todos os direitos e ficar mais tranquila.

— E a Sara, também casou?

— Ah, o senhor teve uma pequena amostra do gênio dela, e isso que é cliente. Imagine se algum homem vai se interessar por um espírito pesado como o da minha filha.

— Pai, não posso conversar com você agora. Vá com o Sonião, ou melhor, com a Soninha, lá em casa para tratar da troca de direção da Lava Leve. Preciso sair agora para uma reunião com um grupo francês. Com licença.

Você fala e já vai apagando as luzes. Os dois homens se olham e você vê que estão concluindo, entre eles, que seu problema é falta de sexo, juízo comum sobre uma mulher de atitudes mais duras e decididas. Aquela senhora que sofria de incontinência urinária e que durante meses trouxe lençóis cheirando a mictório público para você lavar, pendurando o pagamento, o que mesmo ela disse quando você cobrou a conta?

— Eu logo vi que a senhorita era lésbica.

É assim, e você sabe. Só existem duas chances de ninguém tirar conclusões sobre sua vida sexual, você estar sempre acompanhada pelo mesmo homem, de preferência um marido, ou então deixar todo mundo cagar na sua cabeça, ouvir os maiores desaforos e grosserias sem revidar, para evitar insinuações de que está reagindo por falta de alguém que a coma. Essa é a regra.

Já na rua, você vê que os fiscais do trânsito deixaram uma multa no seu carro pelos poucos minutos excedentes no prazo permitido no seu ticket de estacionamento. Pensando que esse é o menor dos seus problemas, você ainda ouve o fim do diálogo de seu pai com Enrico, enquanto abre a porta do carro rumo a um inexistente compromisso.

— Pelo menos, ela tem personalidade. Nisso, saiu a mim.

— Estou com um tempo livre. O senhor não quer tomar um café?

— Com prazer. Na padaria da outra quadra é mais barato.

— E namorado, a Sara tem?

— A Sara? E quem suportaria as...

Você acelera e vai embora.

O ENCONTRO COM OTÁVIO

De Otávio, que nunca falou com você, você sabe o sobrenome, Fonder, originalmente pronunciado Fônder, mas transformado, para fins de deboche e avacalhação, em Fondêr.

Otávio Fondêr.

Não que, na época, você entendesse o significado da palavra sem o N – e, claro, sem o acento, que aqui tem apenas a função de dramatizar a coisa. Otávio e você foram colegas no tempo mais infeliz e ingênuo da sua história, tempo em que a sua família morava em um prédio na frente de uma praça onde você nunca ia. Suas brincadeiras aconteciam dentro do apartamento, e lhe bastavam. Você sempre teve a impressão de que não levava jeito para brincar em espaços maiores ou com outras crianças. Se ia para a casa de alguma vizinha, ouvia reclamações sobre a falta de graça nas tramas que inventava para as bonecas. Na rua, ficava sempre por último na corrida, nos pulos, nos jogos, isso quando era escolhida para algum time. Também lhe faltava habilidade para o desenho e a dança, diferente de Sandra, que sempre foi graciosa em tudo, e a quem sempre sobraram convites para finais de semana com as amiguinhas.

O seu não deve ser o único caso, outras crianças certamente perceberam que não serviam para as brincadeiras despreocupadas da infância. Livros contam que Stálin e Hitler foram meninos tristes e deslocados, não que esses dois exemplos tenham relação com você, em absoluto.

Robusto e corado, Otávio, chamado de Tora pelos outros meninos, foi sua primeira paixão. O problema é que ele jamais soube disso, e por escolha sua, que preferiu não revelar seus sentimentos. Insegurança injustificada para alguém que, aos seis ou sete anos, até que era bem razoável. Ou você não foi vice-Miss Simpatia no concurso da Rainha da Escola, no mesmo ano em que Sandra ganhou?

De posse do nome do elemento a ser localizado e com a ajuda de dona Beatriz, antiga professora com quem você mantém contato por ela ser meio aparentada com a sua falecida avó, você descobre o endereço da mãe de Otávio. Dona Cora Fondêr mora na mesma casa geminada de antes, onde você vai bater.

Nesse ponto, uma dúvida: se Otávio não chegou a lhe desprezar por sequer saber da sua existência, qual o motivo para entrar na lista da sua vingança?

Você passar anos pensando que, se um dia se declarasse, ouviria que ele não gostava de você. Mesmo depois de adulta, você continuou imaginando essa cena com um sofrimento prazeroso que faria a alegria do seu psicanalista, se você tivesse um.

Parêntese para um fato que seu pai jurava ser real.

Um colega de uma das muitas lojas em que o seu velho trabalhou, um da equipe de segurança, sonhou que havia recebido uma herança. Acordou feliz da vida e contou para a mulher. E ela:

– Herança, é? E o que você deu de presente para o meu pai e a minha mãe?

O homem respondeu:

– Nada.

E a mulher fechou a cara.

De manhã, quando voltou para casa depois de uma noite inteira guardando a loja, o vigilante encontrou o sogro e um cunhado a esperá-lo. Diante da mulher, os dois aplicaram-lhe uma surra, enquanto ela explicava:

– Isso é para você aprender a ficar rico e não ajudar a minha mãe e o meu pai.

No es el mismo, pero es igual. Otávio Fondêr pagará por algo que não fez para aprender que nenhum homem deve ser indiferente a você, ainda que aos seis anos de idade.

Quando Cora Fondêr abre a porta, você diz que é da comissão organizadora da festa de trinta anos de formatura do pré-primário da escola tal, e ela pergunta se tem que pagar alguma coisa. É perspicácia sua dizer que sim, o que a faz informar o endereço do filho e mandar que você cobre dele.

E agora, no seu horário de almoço, você está na frente da casa de Otávio Fondêr, quer dizer, Otávio Fonder. Não vá se enganar e chamar o cara pelo sobrenome avacalhado, você se recomenda. Seus preparativos para a ocasião incluíram escova lisa, manicure, uma blusa nova da Renner e uma saia até bonita que uma cliente levou para lavar e nunca mais buscou. Depois de uma bainha e de um pequeno ajuste, aí está você com a saia.

– Eu gostaria de falar com Otávio Fondê... Fonder.
– Quem é?

Voz de mulher no outro lado do porteiro eletrônico, mais curiosa que amistosa.

– Sara Gomes, organizadora da festa de trinta anos de formatura do pré-primário.

O barulho do portão sendo aberto. Infelizmente, o prédio não tem elevador para a última olhada no espelho, aquela que pode evitar uma caspa no ombro ou um farelo de pão no dente.

A porta já está aberta, espalhando luz pelo corredor escuro. São muitos apartamentos por andar e você pensa que Otávio, coitado, não deve estar muito melhor de vida que você.

– Alô? Posso entrar?

Você chama até que uma gorda vestida de branco vem atendê-la.

– Você quer falar com o Otávio?
– É por causa da comemoração da nossa formatura. Dona Cora foi quem me deu o endereço. Ele está?
– Você não soube?

Começou mal, você pensa. Seu bom-senso assopra que uma gorda como aquela não estaria vestida de branco se não fosse... enfermeira.

– Aconteceu alguma coisa com o Otávio?

— Faz muito tempo, na quinta série. Ele caiu de cabeça do gira-gira, ficou preso no banco e com a cabeça girando no chão de cimento até o brinquedo parar. Os danos, nem me refiro aos estéticos, foram irreversíveis.

Você perdeu contato com Otávio na quarta série do primário. Pouco depois, o infeliz caiu de cabeça no playground. Sem saber, você levou anos pensando na cara que ele faria ao vê-la bonita e rica (o exagero é livre na imaginação), para descobrir agora que Otávio não pode ver nada.

— De qualquer jeito, o Otávio vai adorar a visita. Venha por aqui.

— Não, eu não quero. Pobre Otávio, não faz sentido tratar de uma festa de formatura com ele.

— O Otávio não fala, mas presta muita atenção. Converse só um pouquinho, ele vai gostar.

E você conversa.

Otávio se transformou em um homem grande e volumoso, como o apelido Tora fazia prever, mas quase sem cabeça. Vive deitado, o acidente afetou suas funções de locomoção e comunicação. Segundo a enfermeira Gi, que está com ele há quatro anos, é um paciente tranquilo e simpático, que adora ouvir histórias. E, pelo jeito como o que lhe restou de um dos olhos fita você agora, é isso que Otávio está pedindo.

— Eu não disse? Ele quer que você conte algumas histórias do passado de vocês.

Você não tem nada para contar. Você sequer tem um passado com Otávio, que a ignorava da forma mais inocente.

Mas não há o que fazer, o moço sem cabeça espera e você começa a inventar casos sobre as professoras, as provas, as festas juninas, o pega-pega na pracinha, lembranças comuns a todas as crianças que talvez algum restinho da memória dele ainda registre. Sempre que você quer parar, seu interlocutor demonstra que quer continuar, e você segue fantasiando festas de aniversário, brigas entre turmas rivais, uma expulsão por mau comportamento, os brigadeiros do bar do colégio, enquanto a tarde se vai e a Lava Leve permanece fechada, sem qualquer bilhete na porta prestando uma explicação aos clientes.

Você só sai do apartamento depois que Otávio dorme, mais de nove da noite. Aproveitando-se da sua presença, a enfermeira Gi sumiu das três às sete. Você não podia deixar o pobre Otávio sozinho, embora tenha ignorado o que lhe pareceram pedidos dele para trocar a fralda.

Sua primeira tentativa de vingança acabou da pior maneira, você pedindo perdão a Deus e chorando na cama. No meio da noite, levanta para riscar o nome de Otávio da sua lista, reza um Pai Nosso e segue se virando no colchão. A única vantagem do episódio é que, não tendo sido vista, você pode evitar novos gastos e repetir a roupa na abordagem ao próximo alvo, Alaor.

SÓ ACONTECE COM QUEM MERECE

Aparentemente, a única pessoa que notou que a Lava Leve ficou fechada por toda a tarde da quarta-feira foi a senhora da banca de revistas que pede a você para usar o banheiro três vezes a cada turno.

– Folgando no meio da semana?

Se não fossem os filtros sociais, você diria para a mulher não se meter na sua vida e mais, perguntaria se ela havia resolvido o problema de incontinência mijando acocorada atrás de uma árvore. Mas você é, antes de mais nada, uma pessoa educada.

– Tive uma reunião com um grupo francês.

– Podia ter me avisado. Precisei me aliviar atrás da árvore.

Você abre a porta da lavanderia para dar início a mais um dia monótono. Ou não. Assim que acende a luz, vê que a Lava Leve, apesar da pobreza de suas instalações, foi roubada durante a noite. Depenada, para não faltar com a exatidão.

A gaveta do dinheiro, onde mal dormiam algumas notas e moedas para o troco, desapareceu. As poucas roupas lavadas dos clientes sumiram, os cabides, as araras, as cadeiras, as duas máquinas de lavar, a máquina de secar alugada, as duas secadoras de parede, o pôster de Bariloche que sua mãe pendurou no dia da inauguração, os blocos de recibos, a embalagem com três biscoitos Trakinas de morango, não sobrou nada para contar a breve história da Lava Leve. Você anda de um lado para o outro no espaço que, vazio, parece ainda menor, sem entender como um estabelecimento comercial amanhece espoliado em uma rua que tem, pelo menos, dois vigilantes particulares, um em cada quadra, sendo que você se cotiza com a vizinhança para pagar os dois. Bem verdade que ambos, seu Galdino e Cadeirinha, dormem a noite inteira, mas como não despertaram com o barulho da mudança?

Você decide interrogar os vizinhos, começando pela dona da banca de revistas. Só falta ela ficar com o rosto quadriculado e voz de pato na sua frente, tal o medo de dizer qualquer coisa.

O porteiro do prédio ao lado não sabe de nada, o colega da noite não comentou sobre qualquer movimentação estranha.

Os velhinhos da casa da frente dormiram antes do *Jornal Nacional* e não têm declarações a fazer.

Nos outros prédios, casas, no minimercado desabastecido e superfaturado que fica na esquina, ninguém viu nada. Ligando para o 190, você ouve que o caso não é mais de flagrante e que deve registrar queixa na delegacia de polícia, para onde você vai nesse momento. Delegacia de polícia na manhã de quinta-feira. Quantas toalhas pingando as piores secreções você não lavaria para evitar isso?

Depois da queixa registrada e de sair do plantão com a certeza de que não reaverá sequer um prendedor, você choraria novamente, se já não tivesse esgotado a capacidade de suas glândulas lacrimais vertendo água pelo sofrimento de Otávio Fonder. Ou talvez chorar não seja o que você mais precisa agora. A compreensão de alguém? Sugestão perfeita. Um amigo disposto a aguentar seu desencanto? Equivaleria a mil policiais civis revirando a cidade em busca dos ladrões da Lava Leve. Na falta dessas alternativas, você vai para casa. E está estacionando sua perua velha em uma vaga onde cabe apenas uma moto, quando seu pai bate no vidro do carro.

– Estou procurando você desde as dez da manhã, criatura.

– Precisei ir à delegacia.

– Jesus.

– Fomos roubados, pai. Depenaram a lavanderia.

Você diz isso e começa a tremer o queixinho para chorar, esperando o abraço que um parente próximo como seu pai vai oferecer.

– Mas por que a precipitação? A lavanderia não foi assaltada, eu e a Soninha é que levamos os equipamentos para outro endereço.

– Você e a Soninha, o quê?

Todos os filhos que já foram notícia no jornal por matar os próprios pais vêm à sua mente.

— Aquele ponto não tinha movimento. Nós encontramos uma casinha barata em uma rua comercial, vai ser melhor para todo mundo.

— Pai, vocês roubaram a minha lavanderia.

— O investimento foi meu, Sara. E assim que o negócio der lucro, você pode trabalhar com a gente. No início não dá, a Soninha vai parar de cuidar dos idosos para tocar o negócio comigo. Mas logo que melhorar...

— Me dá o endereço. Eu vou lá buscar as roupas dos meus clientes.

— Nós já entramos em contato. O pessoal entendeu e concordou que a qualidade do serviço vai aumentar. A Soninha já deve até ter mandado entregar as peças. Nós vamos oferecer tele-entrega. Olha o slogan: Lava Leve. Lava e leva.

Seu pai está debruçado na janela do carro. Se você arrancar em velocidade, pode esmagá-lo contra um ônibus em movimento. Você também pode arrancar com menos velocidade para ele apenas cair e quebrar as duas pernas, há quem considere que deixar o outro sofrendo é pior do que acabar com tudo de uma vez. Enquanto não se decide, você começa a andar com o carro e seu pai rapidamente se desprende e fica parado na rua, vendo você se afastar, sem que nada de ruim aconteça a ele.

A culpa, você se diz, é sua, que foi sempre a trouxa da família. Certas coisas acontecem para quem deixa. Para quem não reage. Para quem merece. E, na impossibilidade de corrigir todos os seus erros na vida (precisaria de uma segunda vida, e quem garante que você não voltará na forma de uma mula, depois do desempenho sofrível na atual encarnação?), se tem quem mereça pagar pelas suas frustrações são os sete escolhidos da sua lista.

Você vai usar o tempo compulsoriamente livre para agilizar a sua vingança. E estabelece um prazo: em um mês, tudo será consumado e você estará trabalhando em outra lavanderia para acabar com a raça da Lava Leve.

Vingança vicia.

O ENCONTRO COM ALAOR

— Ele trabalha lá no colégio. É o professor do SOR.
— Do Serviço de Orientação Religiosa?
— Isso. Irreconhecível. Você vai ver.

Madalena, amiga com quem você brincou de boneca um dia, ou ao menos tentou brincar, foi quem deu a informação sobre o paradeiro de Alaor. Madalena você encontrou pelo Facebook, que não registra a presença de Alaor Massa. Sorte sua conhecer pessoas que conhecem pessoas que conhecem pessoas.

Você agora está na entrada da sala de Alaor, esperando que ele a chame e disposta a tudo. A blusa da Renner aberta até o quinto botão não a deixa mentir.

— Mãe?
— Falou comigo?
— A senhora é a mãe que está esperando por mim? Eu sou o professor Alaor.

A-la-la-ô, você pensa, mas que calor. Esse é o Alaor.

— Não, eu não tenho filho no colégio. Nem em nenhum colégio. Não sei se você vai se lembrar de mim, eu fui sua... amiga na adolescência. Sara Gomes.

Você vê no olhar de Alaor a cobiça e também a incredulidade por ver o passado, que lindo passado, literalmente bater à porta dele. Um beijo na boca de quem inventou a vingança, você pensa.

— Sara Gomes, claro que eu me lembro. Você devia ter avisado que vinha, eu teria me preparado melhor.

Você saboreia o desconcerto dele: nada disso, Alaor, a ideia era pegar você com as calças na mão, todo desarrumado e suado em seu trabalho de professor religioso. A essa altura você faz, rapidamente, uma retrospectiva dos seus últimos anos e constata que há muito tempo não se sentia assim, superior a alguém.

— Não quero atrapalhar, se você não puder me atender agora, eu volto em outra oportunidade.

— Talvez fosse mais adequado nós conversarmos no final do horário escolar. Você poderia retornar às cinco?

Formal, ele. Que contraste com o rapaz desbocado e irreverente por quem você enlouqueceu um dia.

— Às cinco eu tenho uma reunião com um grupo francês.

— Às sete?

— Às sete é possível. Aqui mesmo?

— Não, o colégio fecha cedo. Você tem algum assunto em especial ou nós vamos falar de nós, sem pressa? Daí eu me preparo melhor.

Alaor é o tipo de homem que gosta de se preparar melhor, você observa.

— A pressa é minha rotina, Alaor. Para adiantar o assunto, eu estou procurando os antigos colegas para organizar a nossa festa de vinte anos de formatura no colégio. Comecei por você porque me disseram que estava trabalhando aqui.

— Claro. Conte comigo nessa comemoração. O que você acha de...

Bem nesse instante, um garoto careca com a cabeça sangrando vem pelo corredor puxado por uma professora muito jovem e baixinha.

— Professor Alaor, briga na aula. Acho que o Zé Renato quebrou a cabeça.

Alaor pede desculpas e se despede de você dizendo Às sete, no Panda. Às sete, no Panda. Você sai do colégio pensando na enigmática instrução e então vê um bar juvenil, com alguns escolares na frente, chamado Panda. O professor de orientação religiosa marcou com você em um bar de crianças, o que pode demonstrar tanto a pouca prática dele quanto alguma tara. O segundo caso valerá uma denúncia na delegacia mais próxima, você decide, agora que tem experiência em registrar queixa nas DPs.

Sem nada para fazer até as sete, você entra no Panda para esperar Alaor. E abre mais um botão da blusa. Se ele chegar antes, você dirá que a reunião com os franceses foi cancelada devido a um escândalo no governo Sarkozy.

Às cinco horas e nove minutos, ainda mais desarrumado e suado, ele aparece e, previsível, estranha a sua presença.

— E os franceses?

— A Europa está convulsionada, Alaor. Não sei se você tem lido.

Alaor, conhecido na casa, já vai mandando um suco de limão com maldade, ele diz, piscando para um garçom que não tem mais de dezoito anos. O rapaz volta com uma bebida que parece cachaça pura, uma rodela de limão decorando o copo. Bota maldade nisso. Você pede uma Coca normal, não há mais o que preservar nas suas pernas lotadas de celulite, e começa a falar antes que Alaor caia bêbado.

— A ideia, como eu dizia, é comemorar a nossa formatura no curso técnico de contabilidade do Colégio Estadual Pero Álvares Caminha. Aliás, Alaor, você que é docente, me esclareça: por que não corrigem o nome deste colégio? Eu demorei a aprender quem tinha descoberto o Brasil por causa da mistura de gente que fizeram ali.

— É complicado mudar, a escola foi criada por decreto estadual e o secretário de Educação da época sugeriu o nome, que foi prontamente aceito por todos. Hoje em dia, para não parecer que se trata de uma mistura de Pedro Álvares Cabral com Pero Vaz de Caminha, nós criamos até uma biografia para o nosso descobridor imaginário. É emocionante ver as crianças do primário recitando os feitos deste grande navegador.

— Olha que isso pode dar cadeia. Um dia vai dar.
— Tomara que seja hoje.
— Como?
— Brincadeira. Agora conte o que você tem feito nesses anos todos.
— Sou empresária, dona de uma lavanderia.
— Casou?
— Não, apenas me divirto.

A inveja nos olhos dele. A última vez em que Alaor se divertiu deve ter sido traindo a namorada com você.

— E a sua esposa? Se não me engano, há muitos séculos, ela esperava um filho para breve.

— Esperou mais três, depois daquele.

— Quatro crianças. Uma família como não se faz mais.

— Meus bacuris, como eu os chamo. Um de vinte, uma de quinze, um de oito anos e a menor, de oito meses.

— Que bonito, Alaor. Você continua fazendo filhos na sua mulher mesmo depois de tanto tempo.

— Mas não é nada sério, o nosso casamento é aberto.

— ...

— Hoje, por exemplo, é a minha noite livre. E desde que vi você, só penso em gastá-la de um jeito.

Desde que não seja fazendo um filho em mim, você se arrepia, mas Alaor já está contando do restaurante em que vocês vão jantar, da boate onde vão dançar, tudo em nome dos velhos tempos.

Alaor, um pai de família como tantos que você já conheceu. Cheio de filhos e de responsabilidades que, por algumas horas, quer se enganar que não. E você dá corda. Conversam por quase duas horas, e ele abre os detalhes da vida inteira, uma história tão monótona que você se sente a Lara Croft em pessoa. Ou outra dessas personagens duronas e destemidas dos videogames, você é que só conhece a Lara Croft.

Impossível prestar atenção no que Alaor fala. Mas agora você percebe que ele sempre foi desinteressante. A diferença é que era bonito, e isso lhe bastava. Alaor já suava bastante então, você saía dos encontros ensopada como se tivesse corrido uma maratona. Ainda assim, desejava namorá-lo à vista de todos e por isso sofria com seu posto de amante infantojuvenil.

Quantas vezes você chorou por ele. O quanto brigou, voltou, se humilhou. Bem verdade que nunca foi obrigada a nada, mas você não vai considerar isso a um passo de concretizar sua vingança. É hora da onça beber água.

Alaor convida você para sair do Panda já. Você responde que gostaria de se preparar melhor, para usar as palavras dele, e combina de encontrá-lo no restaurante sugerido, lugar para não ver e não ser visto, como convém a um homem casado. Alaor não tem carro e mora no fim do mundo, você o deixa na parada de ônibus e não lhe dá nem um beijo no rosto. Combina de esperá-lo às oito.

E não vai.

Não vai, mas às sete e meia já está de tocaia, esperando nas sombras para conferir se Alaor comparecerá. Foi tão fácil envolvê-lo que você aposta que ele marcou apenas para lhe dar um cano.

Mas não. Alaor chega correndo, esbaforido, mais suado do que estava à tarde. Atravessar a cidade de ônibus tem dessas coisas. Ele senta em uma mesa meio escura, de canto, com toalha de plástico e um paliteiro solitário onde deveria estar um vaso com rosas. Alaor pede uma bebida, depois outra, depois outra, depois outra e sai às dez e tanto da noite, trocando as pernas, rumo à parada de ônibus. Se você fosse sincera, confessaria que está com pena e que Alaor ainda tem um que outro traço da beleza jovem que tanto a atraía. Mas você não está aí para ser sincera e então puxa da bolsa a sua lista e risca o nome dele.

    Como é bom não estar do lado dos trouxas, só para variar.

O INSPETOR CHAMA

Você dorme sem a necessidade de acordar às sete da manhã para ir ao trabalho, mas acorda às seis. Não que tenha de fato dormido. Seu pai, sua mãe, Sandra, Enrico, Alaor, Otávio, antigos e recentes personagens deitaram com você, ocupando seu horário de descanso. Agora que uma das vinganças já foi consumada, é hora de partir para a busca de Fábio Loiro, o do cursinho. Para ele, você montou uma vingança com um V e tanto.

Fábio Loiro, assim chamado porque na sua aula havia outro Fábio, só que moreno, era a maior praga da aula. Sempre tem um desses, você constataria depois, ao repetir o pré-vestibular por mais três vezes. Fábio Loiro atrapalhava os estudos com comentários idiotas que faziam todo mundo rir, conversava durante as explicações, saía no meio dos exercícios, jamais estudou uma matéria e, mesmo assim, ia bem nos simulados e em outros testes que imitavam o vestibular. Imbecil, mas inteligente.

Como sempre acontece, o tipo atraía as garotas, tanto que Fábio Loiro passou o rodo na turma. Para você, ele nunca olhou, a baixinha que sentava na segunda fila. Até que vocês dois se encontraram no ônibus, longe de todos, e foram para as respectivas casas garimpando impensáveis afinidades. Você, cuja única experiência pregressa era aquela com Alaor, desceu do T4 apaixonada.

Era sexta, e Fábio Loiro convidou você para sair. Vestida com uma roupa nova de Sandra, que a ajudou a melhorar o cabelo e pintar os olhos, você foi à casa dele, cujos pais estavam na Serra. Como já se disse, você só havia visto um homem, ou quase, nu, Alaor. Fábio Loiro valeu por uma revelação, uma descoberta, a redenção do gênero. Forte, cheio daqueles músculos de foto de revista, com bom cheiro e nenhum nojo. Ficou combinado que ele a esperaria no domingo, do meio-dia às cinco. Pegou mal não participar do churrasco da sua mãe (seu pai jamais soube espetar a carne e fazer o fogo), mas Sandra a defendeu das acusações de filha ingrata dizendo que você precisava estudar. E lá se foi você, cheia de livros que não saíram da pasta mas que, para sua surpresa, voltaram amassados e úmidos.

Na segunda, depois de se arrumar com capricho, você chegou ao cursinho pronta para assistir à aula no fundão, junto com Fábio Loiro. Ele mal a cumprimentou. Durante a manhã, no seu lugar de sempre, você julgou ouvir gemidos que bem poderiam ser reproduções dos seus, seguidos de risadas de rapazes e garotas. Em uma das vezes em que arriscou uma olhada para trás, viu Fábio Loiro acariciando os cabelos de Gisele Loira, assim chamada para se diferenciar de Gisele Morena, uma evangélica que sentava ao seu lado.

Depois disso, Fábio Loiro nunca mais falou com você, que trocou de turno para fugir do que lhe pareceu o escárnio dele e de seus amigos. No final do ano, Fábio Loiro passou no vestibular. Você não.

No dia do Juízo Final, quando os de Boa Vontade forem separados dos da Ala do Mal, você poderá dizer, como atenuante, que é verdade que Otávio não sabia da sua existência e que Alaor nunca prometeu ficar com você. Mas Fábio Loiro, este mereceu ser alvo da sua vingança. E é o texto que recitará diante de Deus e do Diabo que você está criando, quando o seu celular toca.

Dez da manhã. Sua vida de desempregada começou em alto estilo.

– Alô?
– Dona Sara Gomes?
– Quem gostaria?
– Inspetor Andrade, da 2ª DP.
– Pois não?
– Dona Sara é a senhora?
– A própria. Desembu..., quer dizer, estou ouvindo.
– Dona Sara, nós localizamos os equipamentos que lhe foram furtados. Estavam em outra lavanderia, inclusive com o nome igual à da senhora. Apreendemos um indivíduo, Onofre Gomes, que diz ser seu pai. Preciso que a senhora venha até a delegacia para fazer a acareação e para que eu possa efetuar a prisão do elemento.

– Pode prender, inspetor. O elemento, realmente, é meu pai, mas saqueou a lavanderia na minha ausência e montou um negócio concorrente, me deixando sem um meio de subsistência. Inclusive, agiu insuflado pela atual mulher, que deveria ser presa como mentora do crime.

— História triste, mas eu preciso da acareação antes de mais nada.

— Inspetor, eu estou fora da cidade e volto amanhã. O senhor poderia manter o indivíduo retido, aguardando o meu retorno?

— Impossível, a senhora deve comparecer já. Do contrário, ele pagará a fiança e será liberado.

— Cobre dele uma fiança bem alta, inspetor, e amanhã estarei na DP para falar com você.

Vingança, teu nome é mulher, é o que se fala. Vingança, teu nome é Sara Gomes, é o que você diz.

E o que Fábio Loiro, em breve, saberá.

O ENCONTRO COM FÁBIO LOIRO

A agência de turismo para a terceira idade está lotada de velhinhos. São tantos, e tão barulhentos, que você se sente tonta. Também o espartilho apertado demais e o sapato mais alto contribuem para o seu mal-estar.

Você o vê assim que entra. Fábio Loiro, sentado atrás de um dos muitos guichês, com o nome orgulhosamente estampado no vidro: F. Simões. Agora um homem de respeito, com um uniforme de gravata azul-marinho que não esconde o quanto ele continua lindo, forte, musculoso, bronzeado, loiro, e você começa a se sentir ainda pior de saúde.

Driblando os velhinhos e empurrando alguns, mas apenas os que aparentam menos de oitenta anos, você chega ao guichê de Fábio Loiro e recebe dele um olhar desinteressado.

– É sobre o pacote para Gravatal? Foi suspenso por problemas na BR.

Viagem de ônibus para a estação de águas termais suspensa por buraco na estrada. A agência de turismo em que Fábio Loiro trabalha faz com que você se sinta uma Eike Batista do ramo das lavanderias.

— Seu pacote não me interessa. Eu represento a Associação Nacional dos Cursos Pré-Vestibulares e estou realizando um documentário sobre a trajetória dos cursinhos no país. A equipe do Professor Moreno Ltda., que o senhor cursou antes da faculdade de Turismo, o indicou para participar do filme.

Encarando Fábio Loiro, você comprova o benefício de jogar com a vaidade alheia a seu favor.

— Sério? Eu tenho muito interesse em participar, inclusive cursei algumas cadeiras, não muitas, da Faculdade de Artes Cênicas. Mas como o Professor Moreno Ltda. me encontrou aqui?

Foi fácil. Você conhecia no mínimo vinte meninas que haviam ficado com ele nas poucas semanas em que vocês estudaram juntos. Dessas vinte, quatro mantinham contato com você pelas redes sociais e uma era amiga da sua irmã gêmea. Juntando informações, você chegou à miserável agência de viagens de Fábio Loiro.

— Não faço ideia. Deve ter algum arquivo lá.

— Eu sei quem você é. Uma menina que fez o cursinho comigo.

Não só o cursinho, você quase grita, mas controla a tempo os impropérios que se seguiriam a isso. A cara angelical de Fábio Loiro mostra que ele não imagina o quão íntimo seu já foi. E como poderia ele, o mais disputado do curso, se lembrar de você, uma anônima coitadinha que sequer conseguiu passar no vestibular?

— Eu fui aluna do Professor Moreno Ltda., sim. Agora preciso do seu endereço para mandar o contrato do filme e a autorização de uso de imagem. Se for possível, gostaria de fazer algumas fotos suas, de frente e de perfil, de camisa e sem camisa, enfim, fotos para avaliar a extensão do seu papel no filme.

E este é o seu plano. Fotografar Fábio Loiro em várias situações, várias delas constrangedoras, por exemplo, de vestido, mostrando a bunda e segurando o membro (uma coisa de cada vez), fazendo-o acreditar que é tudo em nome da arte.

A arte da vingança.

Uma vez fotografado, Fábio Loiro virará um e-mail disparado para todos os seus contatos no Facebook, pouco mais de cem, que certamente passarão as fotos adiante até que cada velhinho excursionista da cidade tenha visto o órgão genital do seu agente de viagens. Não é uma vingança original, você admite, mas Fábio Loiro é a obviedade em pessoa. Sem falar que você não conseguiu pensar em nada melhor mesmo.

— Eu já fiz uns bicos como modelo fotográfico. Só vai ser difícil fotografar na minha casa. Eu divido o apartamento com uma moça e...

Sinal verde aceso. Ele mordeu a isca. Fábio Loiro é casado, você sabe, e sabe até com quem, uma coreana ruiva com sex appeal zero. Se não quer ser fotografado em casa, é porque já está calculando as chances de seduzir você.

— Se você preferir, eu tenho um espaço vazio onde era a antiga lavanderia da minha família. Você poderia a que horas hoje?

— Eu saio daqui às seis.

— Então, às sete. Não é longe.

— Se eu tomasse banho antes, passasse um gel no cabelo, acho que sairia melhor nas fotos.

— Foto não reproduz cheiro, você não tem mais tanto cabelo que precise de gel e meu único horário livre é às sete. Mas você que sabe.

...

Esperando por ele na lavanderia em um cenário de filme de fim do mundo, sujeira acumulada e uma única cadeira que seu pai não levou por estar quebrada. Você vai dizer a Fábio Loiro que o pessoal do cursinho pediu um cenário trash para lembrar a rebeldia dos tempos estudantis.

O tradicional safanão na porta e Fábio Loiro irrompe na ex-Lava Leve sem pedir licença, flagrando você sentada no chão, com os sapatos a metros de distância e o espartilho aberto. Só então você se dá conta do quão idiota é o seu plano. E de como Fábio Loiro é ainda mais ridículo por ter caído na sua conversa.

— E o fotógrafo?
— Sou eu. Por favor, tire a camisa.
Ele tira.
— Agora interaja com a cadeira, pode fazer o que quiser, sempre olhando para a câmera, por favor.

Você está tomando coragem para pedir que Fábio Loiro tire as calças quando ele começa a fazer perguntas: que filme é esse, onde serão as filmagens, qual a previsão de estreia etc. Você não pensou previamente nessas questões e responde a tudo de forma vaga e sem certeza. A tragédia se avizinha.

— Esse filme...

— Sim?

— É mentira. Não tem filme nenhum.

— Você está me ofendendo. Ligue agora para o Professor Moreno Ltda. e tire suas dúvidas com eles.

— Liguei antes de vir para cá.

Negue, você pensa, não desmaie, você se ordena, mantenha a naturalidade, você se exige.

— Então por que está aqui, se acha que o nosso filme é uma mentira?

— Para ver até onde você pretende chegar.

Mais tarde, em casa, você não conseguirá reconstituir a cena tal como ela aconteceu. Fábio Loiro veio se aproximando sem camisa, e sua próxima lembrança já é você abraçada ao tórax dele. O que havia para ser feito foi feito, e no meio da sujeira e da poeira, heranças do roubo do seu pai. Ele falou algo sobre ser assediado, volta e meia, por alguma louca do passado, deixando clara a categoria em que você estava inserida, mas na hora você não se importou.

Não levou trinta minutos, talvez trinta e cinco. Ele levantou, se vestiu e você ficou entre os lixos do chão, sem coragem de se mexer.

— Olha, vou te pedir a gentileza de não me procurar no meu trabalho, muito menos na minha casa. Você já teve o que queria, agora me esqueça.

E depois de quase arrancar a porta para sair, ainda falou:

— Acho que me lembrei de você. Uma menina sem sal que sentava bem na frente e usava calcinha de velha.

Com que forças você se arrastou até a sua bolsa e pegou a lista da sua vingança para sempre será um mistério. Você riscou o nome de Fábio Loiro, não por considerar seu objetivo atingido, mas para não se esquecer de copiá-lo mais tarde em outra lista, a que você faria para continuar sua vingança no inferno.

Ou na sua outra vida, aquela em que você retornaria à Terra em forma de mula.

REZANDO POR UM ATROPELAMENTO

Não importa o que já aconteceu e sim o que ainda acontecerá.

Nunca os seus Minutos de Sabedoria foram tão consultados e necessários como no dia seguinte ao do encontro com Fábio Loiro. Ainda mais agora, quando você entra na 2ª Delegacia de Polícia para uma sessão que promete ser outro desastre: a acareação com seu pai.

Você ainda está com o corpo dolorido de rolar no chão e a alma pisoteada pelos fatos. Então vê seu pai e Sonião, ou melhor, Soninha, sentados no banco duro da delegacia. Seu pai evita olhar para você. Já Soninha, mulher de pouco trato, faz questão de encará-la. Pela expressão dela, se não estivessem na DP, vocês duas estariam rolando em um ringue de luta livre, você, o representante do bem, Fantomas, ela, o vilão, Verdugo.

— Dona Sara Gomes.
— Sou eu.
— Senhor Onofre Gomes.
— Aqui.

Você e seu pai entram na sala do inspetor, e a porta é batida na cara de Soninha.

– Dona Sara, seu Onofre, os senhores hão de convir que o que os traz aqui é mais um assunto de família do que um caso de polícia. Eu tentei explicar isso para a moça, mas ela já havia registrado a queixa.

– Inspetor, se o senhor abrisse a porta do seu estabelecimento comercial e constatasse que todos os seus equipamentos, seus objetos, sua decoração, até a sua escova de dentes e os seus biscoitos tinham desaparecido, o senhor trabalharia com a hipótese de roubo ou de que seu pai o havia espoliado?

– Eu era sócio da Lava Leve, Sara.

– Então por que não entrou lá durante o dia e depenou a lavanderia na minha frente?

Você sabe que está lavando a roupa suja, como convém à ocorrência, mas não consegue deixar de acusar seu pai por tudo o que ele não faz pelo negócio há mais de cinco anos. Você fala das suas dificuldades, do trabalho empreendido, da falta de perspectivas e da forma como carregou a Lava Leve nas costas. O inspetor Andrade, volta e meia, olha disfarçadamente para o relógio. A certa altura, a escrivã para de redigir as suas declarações e começa a mandar mensagens pelo celular. Aproveitando-se de uma pequena pausa sua para respirar, o inspetor interrompe a narrativa.

– O que nós temos aqui, resumindo, é a questão que se segue: a senhora pretende manter ou retirar a queixa, dona Sara?

O final da história, você decide. Seu pai está certo de que você não terá caráter para continuar, e talvez você não tenha mesmo. A vingança ainda é uma novidade na sua vida. Mas você deve responder alguma coisa, e rápido. O inspetor agora mira o relógio sem cerimônia e sem esconder a irritação com um caso em que o único sangue é o das roupas eventualmente manchadas da lavanderia.

– Retiro se ele me devolver tudo o que levou. Do contrário, mantenho. E ainda processo o cidadão por danos morais.

Se o inspetor quer sangue, quase o tem. Seu pai precisa ser contido por dois homens para não matar você ali mesmo. Como ele se recusa a devolver os objetos furtados, você mantém a queixa. Na saída, Sonião lhe empurra e é advertida por uma autoridade. Esperando para atravessar, você pede para ser atropelada por uma caminhonete que vem em alta velocidade, mas falta-lhe coragem para dar o pequeno passo em direção ao meio da rua.

A iniciativa de morrer não será sua, apesar da vontade.

O ENCONTRO COM RODRIGUES

Localizar Rodrigues, o encarregado do setor de obras raras da Biblioteca Municipal, foi mais fácil que lavar camisa social com mancha de vinho, uma das suas tarefas mais frequentes no agora saudoso tempo da Lava Leve. Ele continuava trabalhando no mesmo lugar, como já fazia há quase quinze anos quando você o conheceu.

Rodrigues era bem mais velho do que você. Mas bem mais velho mesmo, embora você nunca tenha conseguido calcular o quanto. Por alguns indícios e por uma ou outra referência que ele deixou escapar (Isso é da época em que a Hebe Camargo morou em Porto Alegre ou Festejei muito quando o Brasil perdeu a Copa de 50), você estimou que ele tivesse nascido lá por 1940. Sendo você de 76, com pai e mãe nascidos nos anos 50, dá para imaginar a confusão que seria apresentá-lo à família. Então você o manteve na clandestinidade.

Rodrigues não tinha parentes, não tinha mulher, não tinha amigos, não tinha filhos. Foi a pessoa mais solitária que você conheceu, e tratava de aumentar este estado cercando a própria existência de mistério. O primeiro nome dele, por exemplo, você jamais descobriu. Não adiantou perguntar, chorar, ameaçar não fazer sexo, Rodrigues nunca revelou a você como foi batizado.

Por que você se envolveu com um tipo assim? Primeiro porque Rodrigues exalava cultura. Havia algo sexy na forma como ele falava das obras raras que poucos procuravam e que pouquíssimos manuseavam, devido às suas rigorosas exigências de bibliotecário. Você o encontrou consultando sobre o Paço Imperial projetado pelo engenheiro português José Fernandes Pinto Alpoim, sua tarefa de aula inicial depois de passar no vestibular para arquitetura, três anos depois do primeiro incidente com Fábio Loiro.

A simpatia pelo homem circunspecto e gentil foi imediata. Rodrigues se dispôs a reunir mais informações sobre a arquitetura do Brasil do século XVII, que você buscou na semana seguinte, e depois no dia seguinte, e depois na mesma tarde, e então na própria noite. Como consequência, nunca colega algum apresentou trabalhos de faculdade mais primorosos do que você.

A não ser por não querer contar em casa do romance com um homem mais velho que seu pai, o caso com Rodrigues corria tranquilo. Você o esperava na saída da Biblioteca e, por três ou quatro horas, vivia como se estivesse casada com ele. O senão: Rodrigues desenvolvia apenas um assunto por semana. Os escândalos no Senado, por exemplo. A partir do momento em que escolhesse essa pauta, Rodrigues se dedicaria a pesquisas detalhadas e leituras aprofundadas e nada mais seria conversado por vocês até que ele considerasse o tema esgotado. Mas a sua paciência sempre esgotava antes.

No começo, você pensou que se acostumaria, ou que Rodrigues ficaria menos sistemático, para não dizer chato. Logo passou a achar que o problema dele era neurológico ou psíquico. Quando propôs que consultassem um especialista, Rodrigues ficou ofendido por vários dias. Com tudo isso, você aguentou por quase um ano, até que ele apareceu com um grande volume e anunciou, solene, chamando-a pelo culto apelido que lhe destinou:

– Sarah Bernhardt, nessa semana nós vamos conversar sobre capitanias hereditárias.

Sua matéria mais odiada, a mais chata e desestimulante da sua vida escolar. Quantas eram mesmo as capitanias? Quinze, se você ainda lembrava. Divididas por sete, significava explorar 2,14285714 capitanias hereditárias a cada dia.

Rapidamente, você avaliou os prós da relação: ter um namorado, embora não assumido, com quem aumentava seus conhecimentos gerais e desfrutava de bons momentos. Você avaliou no ônibus, avaliou cozinhando um macarrão à bolonhesa, avaliou sentada ao lado de Rodrigues para assistir ao noticiário econômico das nove da noite. E concluiu:

– Olha, Rodrigues, fui.

Se as coisas aconteceram assim, o que o pobre Rodrigues fez para merecer a sua vingança?

– Que decepção, Sara. Se fosse pela sua bunda, eu nunca teria me interessado por você. Mas achei que havia alguma coisa além da superfície. Estava enganado.

Apesar de saber que Rodrigues agiu por despeito e que a sua bunda não era assim tão trágica aos 22 anos, você passou os três verões seguintes sem ir à praia e optou por não se mostrar sem roupa para ninguém por um bom tempo, até que um aparelho portátil de ginástica propagandeado pela ex-garota de Ipanema Helô Pinheiro para tonificar os glúteos surtisse efeito – em vão. De mais a mais, o critério único da sua lista consistia nos abalos causados por terceiros à sua autoestima.

A inclusão de Rodrigues, portanto, era legítima.

Com que prazer você entra na Biblioteca Municipal depois de tantos anos, de minissaia e com um sapato que pisa TOCTOCTOCTOC, perturbando o silêncio no grande salão. Dispensando o elevador antigo de gaiola, você sobe pelas escadas fazendo mais TOCTOCTOCTOC ainda, até chegar à sala de obras raras, abrir a porta e perguntar em voz alta para uma menina, certamente estagiária, que lê atrás do balcão.

– Por favor, eu gostaria de falar com a senhora Conceição Maria Rodrigues.

– Não tem ninguém aqui com esse nome.

– Ah, tem. E é a bibliotecária encarregada deste setor.

– A senhora está enganada, o responsável aqui é o...

Neste momento, Rodrigues sai de trás de uma estante. A garota olha para ele e para você e para ele.

– ...Rodrigues?

– Ah, Conceição Maria é um homem. Pelo nome, achei que fosse mulher. Desculpe, dona, quer dizer, seu Conceição Maria. Passar bem.

Rodrigues, ou melhor, Conceição Maria, é natural de Guaíba, cidade vizinha à sua. Muitas idas até lá foram necessárias para que você descobrisse o cartório onde estava registrado. Então um despachante, que cobrou alto pelo serviço, rastreou e copiou a certidão de nascimento dele, prova cabal que você agora tira da bolsa e deixa cair na saída da sala de obras raras.

Depois risca o nome dele da sua lista.
E TOCTOCTOCTOC.

A IRMÃ VOLTOU

— Você só pode ter ficado louca.
Diretamente do sono mais fundo, você ouve a voz da sua irmã e não tem a sorte de achar que é um pesadelo. Ela sacode as suas cobertas até que você não pode mais ignorá-la.
— O que você está fazendo no meu quarto?
— Não aguentei o pai ligando para se queixar de você. Vim antes que ele tenha um AVC.
— Esse velho não consegue resolver nada sozinho?
Palavras erradas, mas quem consegue ser politicamente correto sendo acordado em condições assim?
— Você deu queixa do nosso pai e acha que a culpa é dele?
— Eu fui roubada por ele e você acha que a culpa é minha?
As acusações mútuas terão que ficar para depois, agora você tem a reconstituição do roubo na Lava Leve. O inspetor Andrade ligou, deixando a impressão de que uma simpatia especial está nascendo da parte dele. Você não despreza a hipótese de conhecer mais intimamente um policial. Ah,

todos esses que não respeitam você, vendo-a de braços dados com um homem da lei.

– Por que você fez isso, Sara?

– Sandra, se você me acompanhar na reconstituição, vai entender. Faço um café, e a gente sai.

Quando seu pai vê Sandra, aí sim você acha que ele terá um AVC. Você nunca o viu tão emocionado. Seu velho apresenta a filha para Soninha, e os três ficam de costas para você, que tem a seu favor, porém, a boa vontade do inspetor.

Como uma atriz, você simula sua entrada na Lava Leve na fatídica manhã pós-apropriação indébita. Sua indignação está tão viva que você reproduz com fidelidade seu espanto, seu medo, sua sensação de insegurança, injustiça e abandono. Olhando para o canto no chão em que se deu o revival com Fábio Loiro, você sente que não conseguirá conter o choro. E deixa vir.

O inspetor se aproxima com um lenço de pano. Um homem que usa lenços de pano em pleno ano de 2010 merece o respeito de qualquer pessoa, apesar dos vírus que acumula no bolso.

– Eu sei que é complicado para você. Talvez, para evitar maiores transtornos, o melhor fosse retirar a queixa.

Em outros tempos, você não apenas voltaria atrás como imploraria pelo perdão do seu pai e, muito provavelmente, ainda ofereceria a ele uma indenização. Não agora. Você quer terminar logo a reconstituição para tratar do caso Heitor, o próximo nome da sua lista. É por isso que desiste das sentimentalidades, devolve o lenço do inspetor e cumpre seu papel na cena do crime como se fosse uma artista profissional.

Seu pai é obrigado a reconstituir a entrada na Lava Leve, com participação especial de Soninha. Embora tivesse a chave da porta da frente, ele utilizou uma chave micha para entrar pelo portão dos fundos. Também pelos fundos os equipamentos e demais peças foram retirados. Nessa parte, Soninha é chamada para segurar grandes fardos com o peso semelhante aos dos objetos furtados, já que ela carregou sozinha as máquinas de lavar e secar. O inspetor pergunta porque seu pai optou por retirar os objetos no meio da noite e por uma abertura secundária. Ele responde: para não atrapalhar o trânsito, embora o que de mais movimentado aconteça na rua da Lava Leve sejam carrinhos de supermercado sendo empurrados por velhas senhoras rumo à feira livre.

A reconstituição dura mais de duas horas, durante as quais Sandra permanece junto com seu pai. No final, vai embora com ele, combinando de falar com você mais tarde. Uma pena, mas sua irmã terá que esperar. Hoje, a partir das oito, começam os seus treinos na mesma academia que Heitor frequenta.

Heitor, que você não vê há mais de cinco anos.

Heitor, que você conheceu entregando documentos na secretaria da faculdade. Um homem de tipo físico comum, estatura abaixo da média, cabelos escorridos e eternos óculos escuros para disfarçar o estrabismo, mas com uma invejável segurança quanto à própria figura e valor.

Na secretaria, Heitor recebia e arquivava papéis, encaminhava processos, distribuía protocolos. Nas horas vagas, se apresentava como fotógrafo, designer, gourmet, viajante, enólogo e outras especificações que você esqueceu. Não que você acreditasse, mas Heitor parecia tão convencido do que contava que você dava corda, perguntando sobre as histórias que sempre, qualquer que fossem as circunstâncias, envolviam mulheres fazendo loucuras por ele.

A frequência e a intimidade das conversas aumentou, do café você passou para o vinho e logo estava fazendo loucuras por Heitor. O grande prazer eram os minutos de conversa roubada entre um período e outro. Tudo porque, ao final das aulas, Heitor corria de volta para a mulher com quem vivia há muitos anos, o que não o impedia de manter um relacionamento amoroso aqui e outro ali. Agora era a sua vez, e Heitor se mostrava apaixonado, ainda que com horário bastante rígido: às segundas e quintas, das 19h às 22h. Para você, estava bem. No resto do tempo, além de estudar, você ajudava sua mãe a vender os produtos da Natura que tantas vezes sustentaram a casa na fase pré-Lava Leve.

Se o namoro com Heitor corria dentro da tranquilidade, com regras estabelecidas e aceitas por ambas as partes, por que incluí-lo na sua lista?

Porque Heitor tratava você muito mal. E o desrespeito à regra básica do cavalheirismo também era falta passível de punição pelos seus atuais critérios.

O ENCONTRO COM HEITOR

Embora irregulares, os momentos de intimidade eram ótimos, e talvez você até se contentasse com eles. O homem brilha pela falta, palavras de Nelson Rodrigues na voz da consultora sentimental Myrna. Problema mesmo era a educação de Heitor.

Ele sumia na hora de pagar a conta. Nunca abriu uma porta ou puxou uma cadeira. Chamava você de *idiota* e *bicho burro* por qualquer motivo. Aliás, Heitor achava que *bicho* se escrevia com *x*, *bixo*, apesar de você ter tentado explicar-lhe o equívoco. Divertia-se espichando o pé quando você ia passar, para vê-la tentando evitar a queda que, às vezes, acontecia. Debochava das suas roupas, da sua família, dos seus amigos, do seu time de futebol. Este ponto, inclusive, foi determinante para que você desistisse dele, mais até que os cada vez mais frequentes períodos em que Heitor desaparecia.

Heitor torcia para o Internacional de Porto Alegre. Torcia, não. Heitor era obcecado pelo Internacional, jamais andava sem uma peça de roupa com o logotipo do seu clube, a meia, que fosse. Ia a todos os jogos, seguia o Inter pelo interior e pelo Brasil, integrava uma torcida organizada. Você, de família gremista, engolia tanta paixão sem mastigar, quadrada na garganta, mas conseguia aguentar calada, sintoma da etapa aguda da paixão.

Heitor aproveitava a fase menos gloriosa atravessada pelo Grêmio para humilhar você. No caso do seu time não ganhar uma partida, ele ligava em pleno domingo, na presença da mulher, para espezinhar seus sentimentos, mais ainda porque fingia estar falando com um homem.

– Perdedor, você já veio ao mundo desgraçado, mil vezes nascer morto do que virar gremista!!!!!!

Você desligava o telefone e ia direto para o seu quarto, de onde não voltava nem para assistir ao *Fantástico* com seus pais. E se consolava pensando nos próximos momentos de intimidade.

Sobre isso, outra observação. Já perto do fim, Heitor pegou a mania de esperá-la nu nos moquiços onde vocês se encontravam. Não que isso a ofendesse, o corpo dele era bonito, e, se não tirasse os óculos escuros, ele até pareceria, com boa vontade, um minicantor de banda de rock. Você sentia era falta de um pouco de romantismo e doçura, se é que alguém tão rústico poderia oferecer isso.

O rompimento veio depois de algumas horas especialmente boas e de uma despedida que já agendou um encontro para o dia seguinte. Ele não foi. Como a época era de férias, você tinha que esperar que ele a procurasse. Ele não a procurou.

Quase duas semanas depois, Heitor ligou e você o mandou longe. Heitor tornou a ligar, ou insistindo para vê-la, mas como se lhe fizesse um favor, ou para debochar do Grêmio. Em todos os casos, você desligou o telefone.

Com a inauguração da Lava Leve, você saiu da faculdade e, nos cinco anos seguintes, nunca mais cruzou com ele, embora tenha sentido alguma saudade. Lá no fundo, bem guardado e esperando a hora certa para sair, ficou seu rancor. Que hoje, em festa, está prestes a se transformar em vingança.

Você soube por uma ex-colega da arquitetura que Heitor agora se exercita três vezes por semana em uma academia de Full Contact. É lá que você se matricula. A roupa de ginástica nova e de cor berrante modela seu corpo de tal forma que até você se acha atraente. A reação dos lutadores do local comprova a sua impressão.

Quando você entra, Heitor soca um saco de pancadas maior que ele, de costas para você. Luta sem camisa e lhe parece que, a despeito dos trabalhos físicos, está mais fraco. O instrutor leva você para um aparelho no campo de visão de Heitor. Sucesso.

– Sara?

– Heitor? O que você está fazendo aqui?

– Treinando, boca-aberta.

Tão bom quando as pessoas não nos decepcionam, você pensa. Se Heitor respondesse com carinho ou educação, talvez você hesitasse em levar seu plano adiante. Bons momentos costumam deixar sequelas. O texto tão característico dele acaba sendo sua justificativa para prosseguir.

Sua presença deixa Heitor perturbado ou incomodado, que seja. Já serve para você. Ele para de lutar para acompanhar seu treinamento, no que é seguido por outros homens de mais músculos, todos curiosos com uma presença feminina no ambiente. Um dos lutadores, cujo braço é da largura da sua cintura, que não é exatamente das menores, quer assunto.

— Treinando por que, gata?

— Desenvolver a capacidade respiratória e a resistência. Também me interessa a segurança pessoal.

Full Contact, benefícios, grandes nomes, grandes lutas. Você estudou o assunto para parecer uma aficionada. A vingança só não permite uma coisa, burrice.

Você toma banho no apertado banheiro das mulheres, onde não há espaço para deitar no chão, mezzo extenuada, mezzo morta. Os dez primeiros minutos de treino a levaram a nocaute, mas você ainda precisou cumprir os quarenta restantes sem aparentar seu sofrimento. Na saída, os lutadores que prometeram esperá-la para um lanche à base de suplementos já se foram. Mas Heitor está lá.

— Coincidência nós dois na mesma academia.

— O mundo é o lugar mais provável para as pessoas se encontrarem.

Bela frase, você se alegra com você mesma e caminha para o seu carro.

— Quer tomar uma cerveja antes de ir para casa?

Você quer, claro. Seu plano, aliás, depende desta parte para dar certo.

O mesmo bar de cinco anos atrás, onde os garçons acostumados a casais extraconjugais não dão a mínima para a entrada de vocês. Depois de muitas cervejas e de uma conversa divertida, porque é inegável que o estilo tosco causa algum efeito nas mulheres educadas, Heitor propõe um revival.

– Vamos dar uma, retardada? Posso ficar mais meia hora.

Vamos, você concorda, pegando uma cerveja para viagem. Prefere ir no seu carro. E aí começa a sua vingança.

Você aprendeu na internet a misturar o famoso Boa Noite Cinderela: flunitrazepam, ácido gama-hidroxibutírico, cetamina. Como conseguiu os ingredientes é segredo profissional, você não contará nem sob tortura, mas se qualquer criminoso tem acesso, por que não você? O Boa Noite Heitor (marca patenteada) já repousa no fundo da cerveja que ele bebe. Nessas horas é bom se vingar de um homem pequeno, porque Heitor pega no sono antes mesmo de entrar no quarto.

Na cama, você despe Heitor e sente nostalgia ao vê-lo nu. Então tira da sua bolsa de ginástica um uniforme completo do Grêmio, camisa de número 5, a do Fábio Rochemback, seu jogador preferido, e veste Heitor. Depois de fotografá-lo enrolado na bandeira e com o distintivo gremista nos lábios, você leva embora as roupas dele e o abandona no motel com o fardamento tricolor. Mas tem o cuidado de deixar cinco reais para que pegue um ônibus.

Talvez você deva mudar de país para que Heitor não a mate. Mas, seja lá o que ele faça, ninguém vai lhe tirar a maravilhosa sensação de ter retribuído à altura as grosseiras sofridas.

E você risca o nome de Heitor da sua lista.

Em azul.

LAVE, LEVE, SUMA

Por ter acordado com a alma lavada, para citar o seu ramo de atuação, você decide resolver o caso da Lava Leve de maneira amigável. Veste uma de suas roupas novas e vai até a casa de seu pai disposta a retomar as boas relações. Basta, para isso, que ele devolva metade dos equipamentos que levou. Assim cada um terá o mínimo para tratar do seu próprio negócio.

Soninha a deixa esperando na rua enquanto seu velho desce. Por sorte, Sandra vem junto e vocês três sentam em um café próximo para acertar a transação.

— A ideia foi minha. Quem fez o financiamento fui eu. Eu pago a prestação. De onde você tirou que tem direito à lavanderia?

— Pai, faz cinco anos que ela trabalha sozinha na Lava Leve.

— Se você veio aqui para defender a sua irmã, pode esquecer que tem pai.

Seu pai negocia para não perder. Se os Gomes estão rompendo por causa de uma lavanderia de bairro, não é de se admirar tudo o que os Corleone fizeram por poder e dinheiro.

— Pai, eu vou retirar a queixa se você dividir o patrimônio da Lava Leve comigo. Sai mais barato para todo mundo e preserva a nossa família.

— Não há o que preservar.

Fazendo um rápido inventário da sua vida no seio dos Gomes, você se vê no lucro. Foi cuidada, educada, teve toda a diversão que o orçamento permitiu. A não ser por um guarda-roupa melhor na adolescência, não se queixa de nenhuma grande falta. Aprendeu valores, cursou boa parte da faculdade e, mesmo não gostando da Lava Leve, reconhece a boa intenção de seu pai ao inventar o negócio. Se pudesse mudar alguma coisa no seu passado, além de uma pantalona listrada com a qual era obrigada a ir a todas as festas, seria o rumo que a família tomou, um para cada lado e sem mãe, para piorar. Não que você seja sentimental, mas, desde que a sua se foi, o poema de Carlos Drummond de Andrade em que ele se pergunta por que Deus permite que as mães morram a deixa um tanto comovida.

Sandra está de cabeça baixa e você adivinha de que lado ela vai ficar, agora que a ruptura entre você e o seu pai pinta como inevitável. Gêmeas, vocês nunca se deram bem, e muito menos pareceram gêmeas. Bem você queria ter a aparência dela. Seu pai bate com o punho na mesa, provavelmente imaginando o seu maxilar. Você também se cala. Sozinha contra 66,6666% dos Gomes, não será sua a responsabilidade de destruir a união familiar.

O café termina, seu pai quer outro. Sandra quer um pão de queijo, você quer cancelar a matrícula na academia de Full Contact e tratar do próximo nome da sua lista, Vitor

Vaz, sem esquecer de procurar um emprego o quanto antes. Aspirações diferentes, como de hábito.

– O que você decide, então?

– Fique com a lavanderia, pai. E com a Soninha, com a Sandra...

– Eu não tenho nada com isso. Esse assunto é de vocês. Eu só vim para tentar ajudar, mas desisto. Reservei minha passagem para amanhã.

– Avise quando vier ao Brasil, a gente tem alguns anos de assuntos para conversar.

Você levanta, Sandra também, vocês duas se abraçam, ela chora, você quase.

– Chega de drama, ninguém morreu. Se a lavanderia é minha, o pai é seu outra vez, Sara.

– Para que eu preciso de um pai como você?

Será sua a responsabilidade pelo fim da família. Seu pai começa a dizer algo, mas para, Sandra chora mais um pouco, você deixa uma nota de dez reais na mesa para ninguém alegar, no futuro, que pagou o seu café. Sua irmã a leva até a porta e promete que tudo vai melhorar, o problema é a influência de Soninha.

– Um homem dessa idade influenciado por uma semianalfabeta, olha, não me serve para pai.

Sandra chora novamente, vocês se despedem, e fica em você a sensação de ter uma irmã, afinal. Quando sua vingança chegar ao fim, se o dinheiro da sua mãe não tiver acabado, quem sabe você não visita Sandra em Miami? Com a sua experiência, pode até se estabelecer por lá, trabalhando ilegalmente em alguma lavanderia de porto-riquenhos.

Aproveitando que está na rua, você vai até a delegacia, o inspetor Andrade deve saber como se retira uma queixa. Atencioso, ele convida você para jantar, provando que a simpatia excessiva que lhe dedicou desde o início não era só impressão de mulher carente. Você aceita, mas em dez dias, tempo estimado para concluir sua vingança. Ele promete ligar.

Perto da ex-Lava Leve, você vê Enrico Eurico passeando com dois cachorros muito feios, sem raça definida, com pelos meio grisalhos e despenteados.

– Sandra Gomes, tudo bem?
– Sara. Tudo.
– A lavanderia fechou?
– Nova direção, novo endereço. Pode mandar as roupas dos seus filhos para lá.
– Falando nisso, deixa eu apresentar os rapazes para você. Esses são o Toba e o Toco.
– Aquelas jaquetas eram desses dois cachorros?
– Com esse frio, eles não podem sair desabrigados.
– E eu que usei um monte de amaciante para deixar perfumado.
– A gente adorou. Serviço caro, mas ótimo.
– Pois é.
– Nós três estamos sempre por aqui. Até a próxima.

O encontro difícil com seu pai, uma vontade repentina de ter mãe novamente, tristeza pela irmã distante. Deve ser por tudo isso que você puxa a lista da sua vingança de dentro da bolsa e risca o nome de Enrico.

O destino já se encarregou de alguém que compra jaqueta de criança para vestir os cachorros.

O ENCONTRO COM VITOR VAZ

A vingança é um prato que se come frio, mas também não convém deixar que ele congele. Até as ofensas mais graves tendem a perder importância se a busca por uma reparação à altura não ocorrer em um prazo razoável. Por outro lado, se a ofensa não for grave demais, ou se os seus sentimentos pelo autor/autora da desfeita forem apenas médios, não perca seu tempo dedicando-se a elaborar desforras. Nesses casos, é recomendado o uso do desprezo.

Esperando Vitor Vaz na saída da rádio em que ele trabalha, você repete as suas máximas sobre vingança, que agora pensa em transformar em livro. Todos não escrevem livros sobre tudo? Nesse contexto, o seu não fará mais feio do que as biografias de cachorros e assaltantes que volta e meia aparecem por aí.

Mais das suas ideias.

Se a vingança é uma característica principalmente feminina, como muitos propagam, também é verdade que a vingança feminina é, no mais das vezes, ingênua, ainda que incômoda: um segredo revelado, roupas rasgadas, o controle remoto destruído. Já a vingança masculina não tem qualquer humor e geralmente acaba com alguém morto ou ferido. Homem se vingando de ex-mulher? A covardia no seu estado mais puro.

Vingando os danos causados à sua autoestima, você não planeja nada capaz de levá-la ao presídio feminino. Mas ficaria realmente triste se as suas maquinações não deixassem, ao menos, uma péssima lembrança como cicatriz.

Vitor Vaz apresenta um programa de variedades na rádio de maior audiência da cidade. Conquistou um grande e fiel público e é tido como o bom-moço número 1 da emissora, categoria um tanto em desuso no mundo. É jovem, informado, sensato. Você o conheceu no dia em que ele entrou na Lava Leve para fugir da chuva. Um safanão na porta e o homem alto e ruivo quase caiu no meio da sala, pingando água.

– Pois não?

– Eu só preciso escapar da chuva.

– Logo vi que o senhor não ia lavar nada.

Você não tinha o hábito de ser simpática com desconhecidos, mas o sorriso dele era tão agradável que valeu a exceção.

– Pior que eu tenho o teste do meu curso de desinibição vocal agora. Não posso ir assim.

Seria muito chavão você oferecer a roupa seca de algum cliente da lavanderia, quase uma cena de filme da Drew Barrymore, daqueles que você adorava. Por isso você ofereceu.

Vitor Vaz saiu da Lava Leve com uma calça que não fechou na cintura e uma camisa jeans larga demais. Ainda levou seu guarda-chuva com o rosto da Madonna, um que foi moda nos camelôs algumas chuvas atrás. Ficou de voltar no dia seguinte e pagar pela lavagem da roupa, e por alguma razão você acreditou que isso aconteceria.

Calça e camisa entregues para os legítimos donos, Vitor Vaz passou a visitar você duas vezes por semana, na saída das aulas de desinibição vocal, módulo dois. Você esperava a passagem dele com ansiedade e escova no cabelo e logo admitiu que estava apaixonada. Vitor Vaz era uma injeção de otimismo no seu cotidiano sem grandes alegrias. Como não tomasse a iniciativa de convidá-la para sair, você o intimou. O jantar em um restaurante além do seu orçamento, mas que você fez questão de pagar, só comprovou o encanto de VV. A única decepção foi a despedida, com o mesmo beijo no rosto de sempre.

A partir daí, você cercou Vitor Vaz com a voracidade que Dominique Strauss-Kahn mostraria alguns anos depois. Bastava ele entrar na Lava Leve para você tentar beijá-lo. Nos cafés, segurava o braço dele com força, obrigando-o a adoçar o expresso, cortar o pão e passar a manteiga com a mão que restava livre. Você ligava para o celular de VV dia e noite, comprava presentes, fazia dieta, controlava as amizades dele no Orkut, ia buscá-lo para caminhar no parque e ver filmes na sua casa. Vitor Vaz parecia constrangido com o seu assédio, mas em nenhum momento ocorreu a você se perguntar o motivo. Você chegou a contar para as amigas que, enfim, havia conhecido a pessoa com quem passaria a sua velhice.

VV se formou no curso de desinibição vocal, o que significava o fim das duas visitas semanais na Lava Leve. Foi por medo de que o vínculo se perdesse que você decidiu abordá-lo mais diretamente, não que seu assédio até então pudesse ser chamado de sutil. No último dia do curso, ao abrir a porta com um chute, ele encontrou a lavanderia decorada com balões, faixa de parabéns e um bolo com um casal de noivos em cima.

– Ao mais novo locutor desinibido da cidade! Viva!

Você serviu um espumante comprado na oferta do supermercado da outra quadra e abraçou VV demoradamente. Quando parecia que ele ia se soltar, você o apertava mais.

– Vitor, quer namorar comigo?

As palavras que ele deveria ter dito, você falou. A intimidade lhe permitia isso. Vitor se manteve calado e por vezes esteve a ponto de se libertar dos seus braços, mas você não permitiu. Certa de que VV estava emocionado, você ainda brincou:

– Como diria o padre, pode beijar a noiva.

– Eu sou gay, Sara.

Silêncio de dez toneladas no ambiente.

– Eu adoro você, só que minha opção é outra.

Você só não parou de abraçar VV para não ter que encará-lo. Quando enfim o fez, foi de cabeça baixa, do mesmo jeito como caminhou para o banheiro e lá ficou trancada, apesar dos apelos de Vitor para que abrisse a porta.

Depois disso você não o atendeu mais ao telefone e correu para se esconder no mesmo banheiro no único dia em que ele voltou à Lava Leve. VV escreveu cartas e e-mails pedindo para conversar com você, mandou flores duas vezes e, por fim, parou de procurá-la. Para suas amigas, você disse que tinha cometido um engano e se recusou a comentar o assunto.

Vitor Vaz não a magoou de propósito, não a ofendeu, não a desrespeitou, não a abandonou. Você sabe que ele não merece estar na lista da sua vingança, mas o acontecido a levou a uma das piores crises depressivas da sua história recente. Foram dias sem levantar da cama, a Lava Leve com um aviso de Fechada em razão de luto na porta. O que você planejou não é contra VV, é a seu favor. E chegou a hora de colocar em prática.

– Vitor!

Ele sai do prédio da rádio de braços dados com uma garota achatada e feia, conversando e rindo. Só um homem que não tem atração por mulheres estaria tão à vontade com uma companhia daquelas, você pensa, com algum remorso pela falta de piedade desta ideia.

– Sara! Puxa, como eu procurei você!

Ele a abraça com carinho verdadeiro. Sim, você ainda passaria a sua velhice com VV, se o outro lado da força não o tivesse cooptado.

– Eu vim me desculpar pela minha grosseria. E tenho uma surpresa para você.

Você faz sinal e uma moça de óculos se aproxima.

– Regina, este é o famoso Vitor Vaz. Vitor, a Regina Santos é da revista *Cena da Cidade*, você conhece?

– Claro que eu conheço, leio sempre aqui na rádio. Muito prazer, Regina. E eu quase me esqueci de apresentar a Bebete, minha produtora.

Bebete, a achatada amiga de VV, dá um sorriso de gengivas escuras para você. Regina vai direto ao assunto.

– Vitor, a gente pensou em fazer a capa do mês com você porque não é sempre que uma personalidade famosa sai do armário assim, sem que tenha havido qualquer rumor antes. E ainda mais você, que agrada às filhas e às mães. O editor acha que a revista vai estourar com a sua revelação.

– Revelação? Eu não sei do que você está falando...

Outra ideia sua: quando a vingança estiver consumada ou em vias de, ninguém é obrigado a ficar por perto até ver o circo incendiar completamente. Os muito vingativos gostarão de ver a derrocada total de seus alvos, mas você é apenas uma pessoa normal. Por isso, não espera para saber como vai terminar a conversa entre VV e a jornalista, que você procurou na redação da *Cena da Cidade* com a certeza de que uma isca daquelas atrairia a atenção da revisteca de fofocas metida a veículo cultural.

Vitor chama várias vezes por você, que se afasta à maneira imortalizada por um antigo político, nem tão rápido que pareça medo, nem tão devagar que pareça provocação. Você caminha sem a sensação de dever cumprido que a tem acompanhado após as suas jornadas de vingança. E a culpa é de Vitor Vaz, o melhor homem que você encontrou até hoje.

A muitos metros do seu carro, já é possível ver o que a aguarda.

A velha perua que foi da sua mãe está completamente riscada. Palavras como *vaca*, *vadia* e *velha* podem ser lidas em toda a extensão do carro, junto com outras ainda menos polidas. Mas é pela expressão *bixo burro*, escrita várias vezes, que você descobre o responsável pelo estrago.

Heitor se vingou de você.

A UM PASSO DO PARAÍSO

A chapeação custa mais que o preço da sua velha perua 1995. E, na renovação do seguro, você optou por uma franquia lá em cima para diminuir o valor da conta. Em resumo: de um jeito ou de outro, você não pode pagar pelo conserto. Isso lembra a você o corretor que a aconselhou neste caso: Timóteo Menezes Aurélio, o Tim. Último nome da sua lista.

Se não tivesse herdado o carro da sua mãe, você o deixaria em um canto qualquer da cidade, como tantos que passam anos atrapalhando as ruas. Mas como abandonar um presente dela? A não ser que você largue a perua na frente do bloco de apartamentos de Heitor, o que sua mãe até entenderia. E é isso que você faz, esperando encerrar de vez o capítulo Heitor.

Sem carro, com emprego. Você fará um teste em um restaurante perto da ex-Lava Leve. Ao dono, seu conhecido, você pediu um trabalho, qualquer um, menos lavar pratos. Sua missão será atender as tele-entregas a um salário mínimo por mês, apenas um respiro até você começar uma nova história. Não que existam planos para isso.

Às onze da noite, quando sai do restaurante, sua orelha ferve. Você atendeu pedidos e escutou desaforos a noite inteira e agora não consegue dormir, o ouvido inflamado por pizzas calabresas e xingamentos variados. Bom para pensar no encontro com Timóteo.

Tim foi, disparado, o seu melhor cliente na Lava Leve. Durante os cinco anos do negócio, você acompanhou-lhe a vida através das peças sujas que ele entregava. Sujas é pouco: manchadas, marcadas, quase inutilizadas. Tim começou deixando para lavar as próprias roupas e mais as de uma mulher, número 46. Alguns meses depois, as roupas da grandona deram lugar às de uma mulher tamanho P, que você lavou por quase dois anos. Pós-mignon, Tim passou mais de um ano deixando apenas as roupas dele na Lava Leve, período em que vocês trocaram a relação comercial por um esboço de amizade. Em seguida, misturadas às calças e camisas de sempre, surgiram vestidos da etiqueta Garota Coquete. Então Tim passou a levar à lavanderia roupas femininas de diferentes medidas, modelos e inspirações. Tailleurs e minissaias, miniblusas e kaftans, um traje típico de holandesa, uniforme de enfermeira, blusão peruano, capa de chuva, a amostragem era tão variada que fazia supor que seu cliente havia aberto um brique. Mas não. Tim estava com a Síndrome do Cachorro Louco, a tal que acomete os solteiros recentes e que os leva a mudar de parceira como quem troca de cueca. Em alguns casos, até com mais frequência.

Quando você criou a promoção lavagem-cortesia de edredom ou casaco, Tim recebeu o cartão fidelidade número zero. Agradecido, convidou você para sair. E só então você entendeu por que o seu cliente preferencial gastava tanto mandando lavar roupas de mulher.

Ao pegá-la em casa, Tim contou que estava cozinhando para você. Corretor de seguros marítimos, era com a culinária que esquecia os sinistros do dia a dia. Jovem, moderno, apreciador de gastronomia, você logo percebeu que Tim era mais que uma boa companhia: era uma tendência de comportamento. A garantia de uma noite agradável.

Mas o jantar virou um remake, você não diria B, mas F, da clássica cena em que o Mickey Rourke emporcalhava a Kim Basinger de comida no filme dos anos 80. A diferença é que Tim esfregou de tudo, tomate, alho, vinho, arroz (quente), pimenta, carne de panela, tiramisu, não no seu corpo, mas na sua roupa. O casaco você conseguiu tirar, ou o molho não desgrudaria jamais da pele falsa que enfeitava a gola e as mangas. Depois que não restou um centímetro de tecido limpo e que a excitação de Tim atingiu o auge, ele consumou a paixão por você, ou pela culinária. Na saída, disse que a conta da lavanderia era dele.

E nunca mais.
Never more.
Nunca más.
Mai di più.
Nie mehr.
Jamais plus.

Se fingiu estar se divertindo com a cena da comida, você representou melhor ainda um orgasmo em si bemol menor. Mas Tim não voltou.

Somada à falta do homem, você sentiu a falta do cliente. Por pouco que fosse, há anos Tim contribuía com vinte ou trinta reais por semana no seu orçamento. Quantos meses você sofreu pelo desaparecimento dele sozinha e em público, em pé e deitada, em dias úteis e de descanso. Cada vez que a porta da Lava Leve se abriu com um pontapé, em todas você amargou a decepção de não vê-lo. Mas agora, a um passo de completar a sua lista, você pensa em Tim com uma tristeza doce e tranquila.

Sua conclusão: depois de cumprir com a missão terrena, deve ser assim que os mortos se sentem ao chegar ao paraíso.

O ENCONTRO COM TIM

Tim trabalha em uma corretora de seguros marítimos e às vezes viaja pelos portos do país. Sinistros de navios são mais comuns do que parecem aos leigos, disse um dia para você. Fazendo-se passar por prima dele para a recepcionista da seguradora, você descobre que Tim está em Santos, atendendo uma frota de bandeira croata. E, depois de alguns telefonemas, é para lá que você vai.

Depois de Congonhas, rodoviária e ei-la em um hotel quatro estrelas, o mesmo em que a seguradora hospeda seus funcionários. Se tivesse chegado mais cedo, você esperaria Tim de biquíni na piscina. O jeito é ficar no bar, mas bebendo apenas Coca, para evitar a possibilidade de um vexame.

Seu projeto está bem-traçado, mas não será fácil de executar. Envolve água do mar, que você odeia, mas que Tim detesta ainda mais, e isso que trabalha com seguros de navios. Você, que não suporta lavar roupa e tinha uma lavanderia, entende bem.

Depois de beber quatro ou cinco refrigerantes, já perto das dez da noite, você vê Tim chegar sozinho. Sai do bar, pseudodistraída, e dá nele um encontrão capaz de derrubar um homem. Tim cai mesmo.

— Ai, moço, desculpe!
— Não foi na... Sara?
— Tim? Que surpresa!

Tim levanta e tenta abraçar você, que apenas estende a mão.

— Estou aqui pela empresa. Meus navios, você sabe. E você?
— Embarco em um cruzeiro amanhã cedo. Grécia para Apaixonados.
— E o felizardo?
— Felizarda. A gente se vê.

Você ameaça sair, mas rezando para que Tim, como faz profissionalmente, a segure.

— Sara, você tem um minuto?
— Se for um minuto, sim.
— Eu não fui muito correto com você, acho. Desapareci depois do nosso encontro.
— Que é isso, Tim. Você é livre e eu também. Me doeu mais saber que você trocou de lavanderia.
— Mas o serviço nem se compara com o seu.

Ele se explica, diz que foi tudo tão intenso que ficou com medo. Fez merda e agora vem com a desculpa mais furada do mundo, você pensa.

— E sobre a sua viagem, você disse... felizarda?
— Pois é. Uma mulher que me transformou em outra pessoa. Sem preconceitos. Sem limites.

Tim está gostando do assunto. Quer detalhes sobre a sua suposta namorada. E você capricha, fala do corpo dela, de como vocês duas praticam dança do ventre juntas, do topless que fazem entre as praias de Albatroz e Santa Terezinha. Tim a arrasta para uma bebida no bar, por que não? Ele quer conhecer sua namorada, e você diz que Polaca, é o nome, está se arrumando para um passeio de barco noturno, só vocês duas e o luar. Já que Tim ficou quieto, você o convida para ir junto. E imagina o grau de superação dele para responder: sim.

Você já está no cais, esperando. Veio com um minivestido branco, que teve o cuidado de manchar com ketchup para torná-lo mais atraente para Tim. No convés de uma lancha, a silhueta de uma morena de biquíni, estendida sob a lua. Você pergunta ao piloto se o passeio é realmente seguro, não consta do seu planejamento um assassinato ou suicídio em alto-mar.

Tim surge todo de branco e começa a correr assim que a vê.

– Demorei?
– O navio não partiria sem você.
– E a Polaca?

Você indica com o queixo a garota estendida no convés.

– A Polaca é morena?
– Surpresas da vida. Vamos subir?

Você oferece seu braço para que Tim se apoie. Apesar da leve brisa que sopra, você nota que ele está completamente suado. Assim que Tim coloca os dois pés na embarcação, a lancha começa a se afastar.

– Segura! A moça ainda não subiu!

O piloto acelera. Você fica na beira do cais acenando para Tim, que parece descontrolado, agarrado à amurada, pedindo para voltar. Foi uma vingança cara. Passagem de avião, hotel, aluguel de lancha, duas horas do tempo de Karine Sol, Transex Sarada, a mesma que agora se aproxima de Tim para tentar acalmá-lo. Sem falar no carro com motorista que a espera para levá-la a São Paulo, próxima escala antes da sua volta para casa.

Você acena mais uma vez e vai embora, os gritos de Tim como trilha sonora. Então tira a sua lista da bolsa e risca o nome dele, pela ordem, o último.

Mas você sabe que ainda não acabou.

VAI DOER MAIS EM VOCÊ QUE EM MIM

A volta para Porto Alegre foi longa, avião atrasado e você ainda sentou na última fileira, aquela que não reclina. De qualquer jeito, a ideia não era dormir. No máximo você gostaria de pensar em como acabar com a raça de Fábio Loiro com a coluna vertebral em uma posição mais agradável que a de noventa graus.

Se você tivesse paciência para esperar pela reencarnação, não estaria tão ansiosa para rever o maior assassino que a sua autoestima conheceu. Devido aos recentes sucessos, porém, o adiamento da vingança que falta para você viver sem mágoas retroativas torna-se impossível. É preciso aproveitar a boa fase, seu pai sempre disse, do alto das raras vitórias de uma biografia opaca. Se não aproveitar a estimulante sensação de ser boa ao menos na vingança, o que a fará levantar da cama amanhã?

Em casa, você encontra uma carta que não é de cobrança nem de propaganda, embaixo da sua porta. Depois de pegá-la com o cuidado que um potencial alvo como você deve ter nessas situações, vê a letra caprichada do remetente no verso: Rodrigues. Apenas Rodrigues. Escrito em papel de seda, com letra cursiva tão perfeita e antiga que parece com a dessas senhoras que endereçam convites de casamento, a forma como o bibliotecário encontrou para responder à sua vingança. Um poema.

> Tu que, como uma punhalada
> Invadiste meu coração triste,
> Tu que, forte como manada
> De demônios, louca surgiste,
>
> Para no espírito humilhado
> Encontrar o leito ao ascendente,
> – Infame a que eu estou atado
> Tal como o forçado à corrente,
>
> Como a seu jogo o jogador,
> Como à garrafa o beberrão,
> Como aos vermes a podridão
> – Maldita sejas, como for!
>
> Implorei ao punhal veloz
> Dar-me a liberdade, um dia,
> Disse após o veneno atroz
> Que me amparasse a covardia.
>
> Mas não! O veneno e o punhal
> Disseram-me de ar zombeiro
> "Ninguém te livrará afinal
> De teu maldito cativeiro

> Ah! Imbecil – De teu retiro
> Se te livrássemos um dia,
> Teu beijo ressuscitaria
> O cadáver de teu vampiro!"
>
> *Charles Baudelaire*

Você pensa em guardar a carta na gaveta das contas pagas, o comprovante de algo já quitado, mas há algum tempo parou de acumular papéis que não sejam absolutamente necessários, então o poema de Rodrigues termina no lixo seco. Até que, no meio da noite, movida pela urgência das coisas sem importância, você levanta, recolhe a carta e a coloca no lixo orgânico da cozinha, junto com as sobras da sua última refeição antes de viajar.

O que terminou terminado está. Mas só se terminar mesmo.

Por isso você pensa em Fábio Loiro durante o dia inteiro e entre os pedidos que atende até a meia-noite na tele-entrega. A vingança pela primeira vez pesa, é algo que você deve fazer não para a alegria da sua alma, mas porque o prazo está terminando. É hora de arrumar um trabalho decente, voltar aos estudos, mudar de apartamento. Reconstruir é preciso, embora sua coragem insista em ignorar este fato.

Depois de uma noite quase insone, você decide agir. Se um dia lhe perguntarem o que foi mais penoso, acompanhar o enterro da sua mãe ou entrar novamente na agência de viagens, óbvio que foi o enterro da sua mãe. Mas nada mais se comparará em sofrimento ao momento de agora, em que você surge diante do guichê de F. Simões, o Fábio Loiro.

— Eu não proibi que você me procurasse? Será que vou ter que chamar os seguranças?

Que seguranças, você pensa, olhando para a pobre sala em que Fábio Loiro trabalha. Os clientes, sim, é que deviam entrar com uma escolta em tal espelunca.

— Estou aqui a trabalho.

— Como da outra vez. Fora.

— Um grupo de amigas paulistas quer trazer as avós para conhecer Gramado.

— Além de burra e feia, você é surda?

— ...e eu disse que conhecia um agente especializado na terceira idade.

— Eu não caio mais nas suas mentiras.

— Minhas amigas querem que você faça um pacote personalizado para as idosas.

— Se eu conheço você, deve ser um bando de ninfomaníacas horrorosas. As netas e as avós.

— Um pacote completo, voo, translado, hospedagem, guia...

— Eu vou contar até três e, para a sua saúde, é bom que você desapareça no dois. Um...

— Eu trouxe o contato da porta-voz do grupo, Karine Sol.

— ...dois...

— Quer prestar atenção no que eu falo, porra?

Você não chega ao número três. Em uma fração exígua de segundo, o agente de viagens está do seu lado.

Quando a empurra, você grita muito alto, para ser ouvida pelos velhinhos quase surdos atendidos nos outros guichês. E troca o plano urdido com tanto cuidado, trazer um grupo de drag queens paulistas aposentadas para um final de semana com Fábio Loiro, pela boa, velha e muito mais em conta improvisação.

Enquanto ele tenta abafar sua voz, você reage com socos, o que o leva a tentar imobilizá-la. Você grita, morde, chuta, e ele passa de furioso para possesso, sem controlar mais a força que usa. Os outros funcionários largam o que estão fazendo para apartar a briga. Duas senhoras têm ataques de angina. Você está no chão, e Fábio Loiro continua batendo, mas você nem grita mais, pelo contrário, mantém a boca protegida para não correr o risco de quebrar seus dentes. Não depois de passar cinco anos de aparelho e de gastar o equivalente a dois carros populares para corrigir sua arcada defeituosa.

Se doeu muito? Mais que um parto normal, você imagina. Durante a surra, você buscou consolo na sequência lógica da cena, todos na delegacia, os velhinhos testemunhando a seu favor. No caminho até lá você liga para o inspetor Andrade que, mesmo lotado em outra DP, não demora dez minutos para encontrá-la. O inspetor conhece todos os policiais da 5ª delegacia, o que em nada melhora a situação de Fábio Loiro. Após a formalização da queixa, você vai para o Hospital de Pronto Socorro no camburão do inspetor, mas no banco da frente. Fábio Loiro segue depondo.

Em casa, com uma tala no braço, você espera na cama a sopa de pacote que o inspetor prepara para você. Falando com o plantonista, ele soube que Fábio Loiro alegou ter agido em legítima defesa para escapar do seu assédio doentio. Você nega.

– Mesmo que fosse verdade, Sara, não há justificativa para um homem forte como aquele bater em uma moça. Seu amigo vai passar a noite na cadeia, com outros homens fortes. Veremos como se sai.

Andrade vai embora bem tarde, depois de deixá-la coberta e com a TV ligada em uma reprise de *Law & Order*. Seu novo advogado, Valdo Andrade, irmão do inspetor, processará Fábio Loiro por danos físicos e morais. Você, que gastaria mais de três mil reais para importar as drag queens, ainda termina a história com dinheiro no horizonte.

Segurando a caneta com dificuldade, você risca o nome de Fábio Loiro da sua lista. Com a certeza de estar deixando algo pior do que as suas calcinhas de velha para ele lembrar.

Fim, fin, fine, finis, ende, the end.

COMO VIVER DEPOIS DO FIM

Se você fosse formada em arquitetura, teria uma profissão para seguir. Se você continuasse na Lava Leve, haveria com o que se ocupar a cada dia seguinte. Agora que riscou o último nome da sua lista, você faz o quê?

Tenta resolver a situação com seu pai na nova Lava Leve Max, a lavanderia de sempre com um toque internacional no nome. Lava Leve Max. As mesmas máquinas, a mesma falta de clientes, a mesma indigência, agora na versão Max.

– Onofre, olha o problema.

Seu pai está mexendo na secadora quando você entra. No balcão, Soninha dispara o alarme antifilha do marido. O velho interrompe a operação e vem para a frente da lavanderia. Ou é falta de vontade de falar com você, ou os passos lentos dele mostram que o esforço de lavar e passar está cobrando seu preço.

– Pai, a gente precisa conversar.

– Aqui se trabalha, moça.

Seu pai não retruca a resposta de Soninha.

— Ele é o dono, que eu saiba. Pode sair quando bem entender.

Se escolher você, seu pai estará afrontando Soninha, atitude temerária quando se avalia os bíceps dela.

— Soninha, faz tempo que eu não falo com a Sara. Até mais.

Dois a zero para você, o primeiro round a seu favor foi em alguma situação do passado. Você é vingativa, não esquece nem os maus, nem os bons momentos.

Esperando os expressos, nenhum dos dois fala. Bebendo o café, esperando a conta, nenhuma palavra. Ele fica olhando para o lado, você brinca com a colher, com o adoçante, com a toalha. Uma tentativa de diálogo, só já na frente da Lava Leve Max.

— Então é isso.

— Pois é.

— O movimento melhorou?

— Sempre na luta. Um dia você pode trabalhar com a gente.

— Com a Soninha? Prefiro me empregar como mulher-bomba.

— Assim fica difícil.

— Quase impossível.

— Tenho que ir.

A despedida é sem beijo ou abraço. Nem despedida há, seu pai apenas entra na lavanderia. Perto da sua casa e da ex-Lava Leve, você encontra Enrico. Os dois filhos dele fazem as necessidades e comem capim, tudo no canteiro do seu prédio.

— Os meninos devem estar mal do estômago. Aquele ali vai engolir uma espada-de-são-jorge inteira.

— É o Toba. Mudei a ração, os dois sentiram. Eles são muito sensíveis. É a convivência comigo.

A vingança contra Enrico seria óbvia (pendurar o cadáver de Toba em um gancho de açougue, abrir o corpo de Toco com uma tesoura de cortar grama), mas você pensa nisso apenas por exercício. Sua vontade é arrumar-lhe uma namorada para dividir com ele a responsabilidade de cuidar das duas crianças. Por exemplo, a sua amiga Bel, aquela de quem você adoraria cobrar algumas deslealdades na adolescência.

Agora que acabou, você se arrepende do que maquinou contra Vitor Vaz. Se tiver caráter, o que não garante, ainda pedirá desculpas a VV. Você também pode dizer para a repórter da *Cena da Cidade* que criou o factoide porque estava apaixonada por Vitor, e ele apaixonado por outra. Fraquinho, mas sempre acontece nas novelas e todo mundo aceita. Você escreve à repórter e aplaca, ao menos por hora, sua consciência um tanto em desuso.

E a vida segue.

Depois de mais uma noite de pizzas e desaforos, você escreve para a sua irmã, que no momento não se mostra disposta a recebê-la. Apartamento pequeno, crise com o noivo, o ideal seria adiar a visita. Uma ida ao banco e você descobre o que sobrou do dinheiro deixado por sua mãe: R$ 3.642,11. O advogado espera que Fábio Loiro proponha um acordo, o que lhe dará cerca de dez mil reais, mas sabe-se lá quando. Urge procurar trabalho.

O inspetor Andrade liga todos os dias. Sério, honesto, homem à antiga. Seu receio é ter que se vingar do agente algum dia, a polícia costuma ser corporativista nas retaliações. Por enquanto, você não gosta do inspetor o bastante para desejar-lhe qualquer mal, e está saindo com ele.

Em uma quinta qualquer, você lê em um anúncio com destaque, fora dos classificados do jornal, que a Lavanderia Tchun Express admite profissional, de preferência mulher, com experiência no gerenciamento do negócio, para assumir o cargo imediatamente. Paga-se bem. Interessadas devem comparecer a uma rua que você não conhece, em um bairro barra-pesada que você imagina vagamente onde fica. Você chega a pensar que o anúncio pode ser uma armadilha, mas quem se dedicaria a aprontar para você com um apuro e uma técnica que são, no fim das contas, doenças suas?

Otávio Fonder careceria de motivos para matá-la, além de viver preso à cama.

Alaor tem mais o que fazer no Serviço de Orientação Religiosa, e cuida dos quatro filhos nas folgas.

Fábio Loiro já está suficientemente encrencado por sua causa.

Heitor. Deste é sempre bom temer uma maldade.

Rodrigues, coitado, com sua falta de senso para as coisas terrenas, jamais cuidaria de algo tão prático.

Vitor Vaz nunca se mostrou propenso a vilanias.

Tim. Deve estar furioso com você, mas daí a planejar uma violência, parece-lhe bastante improvável.

Enrico, sem chance. Com quem ele deixaria os cachorros enquanto aperta o seu pescoço?

Você decide ir. Dessa vez, não se trata de vingança, mas de destino: você tem mais prática em lavar e secar que vontade de concorrer com a Lava Leve Max. Confere o endereço no Google Maps, separa a roupa, pinta o cabelo e, na impossibilidade de jantar com o inspetor, que está de plantão, termina a noite bebendo vinho, mas pouco, nem meia garrafa, para não correr o risco de uma dor de cabeça amanhã.

Seja lá o que lhe acontecer, você sabe que merece.

A VINGANÇA POR QUEM ENTENDE

Dizem que o amor romântico cedeu lugar à supremacia do gozo e do pragmatismo nas relações, e então também a vingança amorosa viveria outros tempos, menos afeitos a estocadas e venenos mortais. Não me convencem nem me tranquilizam.

Nei Lisboa, cantor e compositor

★ ★ ★

Minha formação piedosa rejeita a vingança. Mas a vida se encarregou de me mostrar que é um prazer ver aquele imbecil se dar mal, aquela vaca torcer o tornozelo. O melhor mesmo, porém, não é isso: é saber do fracasso deles depois, bem depois, quando a gente nem se lembrava mais de nada, mas a tempo de saber que eles sabiam que eu iria saber.

Luís Augusto Fischer, professor e escritor

★ ★ ★

Afinal, vingança é algo que todo o mundo entende. Alguma coisa ancestral me sussurra ao ouvido que preciso causar um dano a meu ofensor que me dê uma satisfação superior ao desagravo que sofri. O homem antigo não tinha por que resistir ao que essa voz comandava: exercia sua vingança diretamente sobre o outro, sobre o corpo do outro, sobre os despojos do outro e, se tivesse cachorro, sobre o cachorro do outro.

Sob o signo do Novo Testamento, contudo, dois milênios de civilização acabaram tornando esse tipo de vingança ilegal e condenável, mas isso não significa que esse impulso tenha desaparecido ou que tenhamos ficado indiferentes a esse refinado prazer. Vingar-se continua sendo algo muito bom; apenas encontraram-se novos meios, mais produtivos, mais sofisticados e até mais saudáveis. O caminho está numa frase de George Herbert, um poeta contemporâneo de Shakespeare, que apenas soube expressar o que já era consenso entre os sábios: "A melhor vingança é viver bem". Quero acertar as contas com alguém? Então, em vez de lhe fazer algum mal, trato de fazer o bem a mim mesmo; minha vida vai ficar melhor, enquanto a inveja se encarrega de tornar a dele miserável. Minha vingadora vai ser aquela tristeza que eles sentem com a alegria dos outros, a mesma que atormentava o grande general grego Temístocles: ele não podia dormir só de pensar nos troféus conquistados por Milcíades, seu rival, grande vencedor da batalha de Maratona.

Como Heine, eu me contento com pouco: cabana modesta, telhado de palha bem simples, mas uma boa cama, leite e manteiga frescos; em frente à porta, uma bela e frondosa árvore. E se os deuses quiserem me fazer completamente feliz, vão me dar a alegria de ver seis ou sete de meus inimigos nela pendurados.

Cláudio Moreno, professor e escritor

★ ★ ★

Esquecer-se da vingança e simplesmente ser feliz é, de todas, a melhor forma de vingança.

Marcia Tiburi, filósofa e escritora

★ ★ ★

Sou dramática quando o tema é vingança. Dramática com "D" maiúsculo.

Quando quero me vingar (e essa vingança sempre tem a ver com homem, né?) não fico com outro nem me reúno em grupos soltando gargalhadas (eu não ando em grupos, tenho pouquíssimos amigos). Para me vingar, eu quero mostrar o que "aquele idiota" perdeu. Quero rir pouco com os dentes e mais com os olhos. Quero me fortalecer por dentro.

Sofro mesmo e bastante. Fico acabada, magoada, magra e jogada num canto. Mas logo passa. E passa de um jeito como se nada tivesse acontecido. A vingança é me mostrar uma mulher foda, mesmo que superficialmente, afinal uma vingança sempre vem depois de se sair do limbo. Mas acessar a página "correr atrás do prejuízo" costuma render bons frutos no trabalho e, de quebra, ótimos pretendentes.

Na verdade, nunca me vinguei mesmo. Só me mostrei (com muita raiva) melhor e mais interessante. Mas como dizem os gurus que andei cruzando no caminho: "a raiva tem muito mais força que o amor, melhor revertê-la a seu favor".

Juliana Menz, jornalista

★ ★ ★

As histórias de vingança são sempre tramas literárias perfeitas. Lá estão protagonista e antagonista, depois uma ação (em geral vil) que prejudica uma das partes, sucedida por um desequilíbrio insustentável e uma necessidade de justiça que levará a vítima a maquinar uma vigorosa reparação. Por fim, eclode um segundo ato, purificador como um perdão às avessas.

Pedro Gonzaga, professor e escritor

★ ★ ★

"Uma pequena vingança, afinal o que é a vingança além de uma estranha declaração de amor [...]"
Carola Saavedra, escritora, em Flores Azuis, *p. 27.*

★ ★ ★

Acho que não há pessoa neste mundo que nunca tenha experimentado, nem que seja por alguns ralos instantes, o desejo de se vingar de alguém. Talvez a madre Teresa de Calcutá, ou outra alma elevada. Mas nós, cheios de imperfeições, nós que já viemos de fábrica, segundo a tradição católica, com o tal do pecado original, a nós só cabe aprender a lidar com a fera vingativa que mora dentro de cada um. E não é fácil, porque a vida apresenta mil e duas oportunidades para o monstro sair da jaula urrando aos quatro ventos. Pode ser o chefete que resolveu usar seu poder para dar uma puxada de tapete básica, pode ser aquele ex-namorado que tentou seduzir a tua melhor amiga, aquela colega de aula que não te passou a cola de matemática, em retribuição à de português do dia anterior, e assim vai.

Dizem que as mulheres são mais vingativas. Claro que são homens os que dizem. Mas ninguém cantou melhor a vingança do que Lupicínio Rodrigues: "Mas enquanto houver força em meu peito/ Eu não quero mais nada / Só vingança, vingança, vingança / Aos santos clamar / Ela há de rolar como as pedras / Que rolam na estrada / Sem ter nunca um cantinho de seu /Pra poder descansar".

Mestre!

Katia Suman, radialista

★ ★ ★

Existem duas formas de vingança: a primeira diz "tu vais ver!"; a segunda "tu vais ME ver!" Graças à vingança, nosso fracasso pode ter culpados (outros que não nós mesmos) e redenção. Já no sucesso, proporciona um sabor a mais. Na vingança ninguém está só, a vida não é ímpar. Por isso desejamos longa vida aos nossos inimigos, para que eles assistam de pé à nossa vitória e nos brindem com suas derrotas. Se os atos vingativos causarem algum mal, nos sentimos poderosos. Se nosso sucesso for acachapante, seremos gloriosos frente aos que nos desacreditaram ou traíram. O inimigo é o combustível mais barato de que dispomos. Fora eles, e nem mesmo eles, pensando bem, ninguém nos teme ou está realmente interessado na nossa vida. Pena.

Diana Corso, psicanalista

★ ★ ★

A melhor frase que eu conheço sobre isso é de um poema de um índio sioux, que diz: "me pergunto / se está suficientemente humilhada / a mulher sioux / cuja cabeça acabei de cortar". Que Lupicínio, que nada!

Arthur de Faria, músico

★ ★ ★

Difícil saber como começou a civilização, alguns insistem que foi quando o primeiro homem abriu mão da vingança. Um deles desistiu do que seria a vingança da vingança, da vingança de outra vingança, e de outras que a memória já nem alcançava. Ele largou o tacape e foi fazer outra coisa. O que a Claudia nos traz é se valeu a pena!

Mário Corso, psicanalista

★ ★ ★

Eu gostaria de me vingar seriamente do talento de Claudia Tajes e assinar um livro seu, inédito, sem que ela soubesse.

Fabrício Carpinejar, escritor

★ ★ ★

A vingança não apaga a ofensa (citando Calderón de La Barca), mas pode aplacar o juízo, ou até mesmo perdê-lo...

Marcos Schechtman, diretor de TV

★ ★ ★

Vingança é um plano pré-pago. A gente engole a traição, a derrota, o calote e a passada de perna, mas teima em não esquecer o gosto ruim. Assina o cheque na hora e espera que a vida se encarregue de descontá-lo – porque alguém, em algum canto, toma nota das injustiças no mundo e agenda o melhor momento para o final redentor. Pode demorar um tantinho, mas é investimento que sempre dá lucro. Aqui se faz e aqui se paga, não é assim que se diz?

Larissa Roso, jornalista

★ ★ ★

Não consigo pensar em vingança sem pensar em Ismail Kadaré, *Abril despedaçado*, a vendeta de Gjorg Berisha, a violência, o código moral, as montanhas, as famílias, os séculos. Só de pensar nisso bate um desânimo: este negócio de vingança dá um trabalho danado.

Marcelo Pires, publicitário

★ ★ ★

Eu me vingo da vida real na ficção. "Os campos são mais verdes na descrição do que no seu verde", escreveu Fernando Pessoa.

Leticia Wierzchowski, escritora

★ ★ ★

Claudia Tajes é uma das escritoras brasileiras que mais vingaram nos últimos tempos. Com as suas histórias irresistíveis e o seu texto genial, ela nos faz rir alto dos nossos desajustes, das nossas inquietudes, dos nossos absurdos mais humanos. Só que a Claudia não escreve para fazer graça, não. Na realidade, desembestar riso nos leitores não é um fim, mas sim uma consequência da forma profunda como ela consegue entrar nas suas personagens. Bem, o fato é que as personagens da Claudia também acabam entrando em nosso coração e nos tiram o sono, nos fazem rir em hora errada, nos perturbam o pensamento. Então, quando quero me vingar de alguém que eu gosto muito justamente porque me desatina a ideia, dou de presente para essa pessoa um livro da Claudia Tajes.

Márcio Vassallo, escritor

★ ★ ★

Vingança é esquecer de olhar para frente. É uma conexão forte com o passado. É andar pra trás. Por isso, concordo plenamente com Francis Bacon, "com vingança, o homem iguala-se ao inimigo. Sem ela, supera-o".

Ana Paula Jung, jornalista

IMPRESSÃO:

Santa Maria - RS - Fone/Fax: (55) 3220.4500
www.pallotti.com.br